우리의
저물어가는 생을
축복합니다

우리의
저물어가는 생을
축복합니다

강신주 지음

엘리

차례

어머니 아버지가 미국에 다니러 오셨다.

가족 나들이를 다녀오는 길에 아버지가 낙상을 당하셨다.

그 후 81세의 이춘산과 87세의 강대건은 영영 한국으로 돌아갈 수 없게 되었다.

3년 후, 아버지 강대건은 영면하셨다.

1부

죽는다는 것

중환자실에서 맞이한 결혼기념일

10월 18일 자정 무렵, 우리는 응급실로 향했다.

아버지가 응급실에서 중환자실로 옮긴 것은 10월 20일.

그날은 아버지 강대건과 어머니 이춘산의 결혼기념일이었다. 그들은 62년을 함께 살았다.

아침에 단정한 차림새로 나타난 어머니가 짐짓 유쾌한 목소리로 아버지에게 말했다.

"여보, 오늘이 우리 결혼기념일이에요."

아버지는 무슨 말인가 하고 싶은 듯 보였지만 뇌출혈로 몸의 왼쪽이 마비된 상태였다.

병실에는 다시 침묵이 내려앉았다.

아버지 옆을 내내 지키고 있던 어머니가 아버지에게 다시 말을 건넸다.

"여보, 지금까지 든든한 남편으로 내 곁에 있어줘서 고마워요. 당신은 늘 나를 존중해줬어요. 고마워요. 당신 때문에 난 행복했어요."

떨리는 어머니의 목소리가 어느새 흐느낌으로 변해갔다.

"사랑해요, 여보. 많이 사랑해요."

아버지의 눈에서 눈물이 흘러내렸다.

흐느끼는 이춘산을 향해, 얼굴의 마비와 경련을 이겨내며 강대건이 낮은 목소리로 말했다.

"고마워요, 여보."

그것은 어쩌면 두 사람의 마지막 인사였다.

그들은 함께 지나온 62년의 여정이 끝나가고 있음을 알고 있었다.

오후에는 사위가 결혼기념일 축하 꽃다발을 들고 왔다. 손자도 왔다. 손자의 얼굴을 보자 너무 반가웠는지 아버지는 크고 또렷한 목소리로 손자의 이름을 외쳤다. 오후에는 큰딸이 도착했다. 워싱턴에 사는 손녀는 밤늦게 공항에 도착해 바로 병원으로 왔다.

행복한 결혼기념일이었다.

죽음이 병원 침대 밑에 도사리고 있었지만, 아버지 강대건은 행복했다.

마지막 신음 소리

아버지를 모시고 병원에서 집으로 돌아왔다.

지난 닷새간 매일 밤 아버지 곁을 지킨 나는 녹초가 되어 있었다. 몸을 누이고 싶은 마음이 간절했지만 돌발 상황을 대비해 첫날 밤은 내가 아버지 옆을 지키기로 했다. 엄마와 언니에게는 새벽 교대를 부탁했다.

밤 11시 30분경, 주무시기 전에 약을 드시게 하고 기저귀를 봐드렸다.

어느새 잠이 들었던 모양이다.

아버지 신음 소리에 잠을 깬 것이다. 그런데 아버지의 신음 소리가 어딘가 달랐다.

병원에서는 마치 누군가를 큰 소리로 부르는 듯한 단발성 외침이었는데, 그날 밤은 달랐다. 그것은 마치 바위에 부딪혀 부서지는 파도와 같이, 끊어질 듯 말 듯 위태롭게 이어지는 소리였다.

나는 당장 아버지 옆으로 다가갔다.

"아버지! 저 여기 있어요! 괜찮으세요?"

"응…"

주무시는 데 방해가 될까 걱정돼 불은 켜지 않았다. 어두운 방, 창틈으로 새어 들어오는 빛에 기대 시간을 보았다. 자정이었다.

안도한 듯, 신음 소리가 사라졌다.

그러나 일 분도 채 지나지 않아 다시 같은 소리가 들렸다.

"아버지, 어디가 편찮으세요? 어떻게 해드릴까요?"

"목, 목이…"

주무시기 전부터 뒷목이 아프다고 하셨는데… 나는 손바닥을 아버지 목 밑으로 넣었다. 왼쪽 목의 근육이 딱딱했다.

나는 그곳을 부드럽게 주무르기 시작했다.

"아버지 괜찮으세요?"

"응. 시원하다. 아… 어깨가 아파."

나는 목에서부터 어깨로 손을 옮겼다.

"이제 좀 괜찮으세요?"

"응…"

그러나 얼마 지나지 않아 다시금 아버지가 신음했다.

"목! 목이 아파."

나는 다시 목을 주물렀다.

그렇게 이곳저곳 번갈아가며 주물러드리자 아버지의 통증이 조금 가신 듯했다.

"아버지, 그럼 저 잠시 누울게요."

"그래."

나는 눕자마자 그대로 잠에 빠져들었다.

그렇지만 또다시 아버지의 신음 소리가 들려왔다.

이제 일정한 박자로 들려오는 아버지의 신음 소리는 마치 자장가 리듬처럼, 피곤한 나를 깊은 잠 속으로 끌어내렸다.

그러나 나의 깊은 잠은 오래가지 않았다. 아버지의 신음 소리가 점점 더 커졌기 때문이다.

아아! 아아! 아아! 아아!

아버지의 신음 소리가, 몸살을 앓을 때처럼 끙끙거리는 소리가 점점 더 크게 들려왔다.

나는 황급히 아버지 옆으로 갔다.

"아버지, 많이 아프시죠? 어떻게 해요… 제가 계속 주물러드릴게요."

"그래…"

내 손이 닿으면 신음 소리가 잠시 잦아들었고, 그럼 나는 침대로 돌아가 누웠다. 그러나 곧이어 신음 소리가 들려왔고 나는 다시 아버지 곁으로 갔다.

대신 아파줄 수도 없고 달리 도와줄 수도 없는 고통을 혼자 겪어내는 아버지 곁에서, 내가 할 수 있는 일이라곤 그저 아픈 곳을 주물러드리는 것밖에 없다는 사실이 안타까웠다.

아버지의 신음 소리가 점점 더 커졌다.

아버지는 고통 때문에 잠을 이루지 못했다.

'왜 진통제가 듣지 않는 거지? 주무셔야 기운을 회복하실 텐데 어떻게 하지?'

아버지의 신음 소리가 끊임없이 이어졌다.

아… 아… 아… 아…

12시부터 2시 사이, 나는 어둠 속에서 일어났다 누웠다를 반복했다. 아버지의 고통이 커져가고 있음을 느낄 수 있었다. 불안했고, 가슴이 아팠다.

2시경, 내내 켜지 못하고 있던 불을 켰다.

아버지의 신음 소리가 외침으로 변했기 때문이다.

규칙적인 리듬은 여전했지만, 소리가 처절했다. 마치 몸이 찢기는 고통으로 진통하며 신음하는 산모의 절규 같았다.

나는 평소처럼 몸을 숙여 아버지 얼굴 위로 내 얼굴을 가져갔다. 그런데 "아버지" 하고 부르려던 순간, 얼어붙고 말았다.

천장을 바라보는 아버지의 눈동자가 인형의 눈동자처럼 크고 새까맣게 변해 있었던 것이다.

나는 너무 놀라 가슴을 진정시킬 수 없었다.

평소처럼 괜찮을 거라고 너스레를 떨 수도 없었다.

고통의 순간에 처한 아버지의 얼굴을 똑바로 바라보기가 죄송스러워 나는 몰래 아버지의 얼굴을 훔쳐봐야 했다.

변한 것은 눈만이 아니었다.

코 주위에 삼각형 모양으로 핏기가 가셔 있었다.

내 몸에서도 피가 빠져나가는 듯했다.

나는 지금 아버지가 겪고 있는 고통이 순간적인 고통이 아님을, 그리고 그보다 더한 고통이 닥치리라는 것을 직감했다.

침대 상단을 올려 아버지를 앉은 자세로 만들어드리고 황급히 부엌으로 달려가, 미리 준비해둔 꿀물을 가져왔다.

나는 당혹감을 감추고 내가 하는 이 행동이 지금 아버지에게 가장 필요한 행동이라고 애써 믿으며, 꿀물 한 숟가락을 떠 아버지 입술로 가져갔다. 아버지가 입을 벌려 받아 삼켰다. 나는 마음을 다잡으며 조심조심 아버지 입으로 숟가락을 가져갔다.

아버지가 천천히 한 모금씩 꿀물을 받아 넘기시는 동안, 나는 다시 몰래 아버지의 얼굴을 살폈다. 크고 검은 눈동자가 여전했다. 죽기 직전 사람의 눈동자가 커진다는 글을 읽은 기억이 났다.

나는 아버지 가슴에 손을 얹고 기도했다. 기도 중 아버지가 돌아가시면 어떡하지 하는 공포가 밀려왔다. 그리고 마침내 눈을 떴는데, 아버지가 정면을 똑바로 응시하고 있었다. 뭔가 신기한 것을 바라보기라도 하는 듯, 양미간에 주름이 잡혀 있었다.

'아, 이게 마지막이구나.'

아버지가 삶과 죽음의 한가운데 서 있음이 느껴졌다.

아버지의 발은 아직 나와 함께였지만, 다른 모든 것은 내가 갈 수 없는 그곳을 향해 있는 듯했다.

"아버지! 아버지!"

쉽게 당황하지 않는 나도 그 상황 앞에서는 무너져버렸다.

'엄마를 깨워야 하나? 그사이 아버지가 세상을 떠나시면 어떻게 하지? 엄마 언니 불러야 하는데 어떻게 하지? 어떻게 하지? 어떻게 하지?'

어찌할 바를 모른 채 아버지의 얼굴만 보고 있는데 갑자기 몇 해 전 세상을 떠난 오빠의 얼굴이 겹쳐 보였다.

'아, 시간이 없구나!'

나는 미친 듯이 이층으로 뛰어 올라갔다.

"여보, 아버지 좀 와서 봐줘!"

놀라 일어난 남편을 뒤로하고, 나는 다시 구르다시피 아래층으로 뛰어 내려왔다.

아버지 방으로 들어가려는 순간, 문턱에서 바라본 아버지의 모습에 심장이 멎는 듯했다.

아버지는 살아 있었으나 이미 죽음에 속해 있었다.

차가운 표정이 그것을 말해주고 있었다.

나는 엄마에게 달려갔다.

"엄마, 아버지가 이상해!"

나는 다시 이층으로 뛰어가 언니를 깨운 뒤, 달려 내려와 아버지 옆으로 갔다.

엄마와 언니와 남편이 달려왔다.

얼마 후 아버지는 마지막 숨을 내쉬었다.

아버지, 안녕

10월 23일 새벽 3시.

엄마, 언니, 남편, 그리고 나는 아버지의 마지막 순간을 같이했다.

아버지는 눈을 감고 세상을 떠났다.

주무시는 것 같았는데 평소 아버지가 주무시는 모습을 많이 봐서인지, 돌아가신 아버지가 눈을 감고 있는 모습이 낯설지 않았다. 눈물이 흐르면서도 죽음이 이렇게 친근한 모습이라는 게 믿기지 않았다.

우리는 아버지를 반듯하게 눕혀드린 뒤, 평소처럼 아버지의 머리를 쓸어 어루만지며 아버지의 이마와 뺨에 입을 맞췄다.

손은 아직 따뜻했는데, 이마와 뺨이 차가워지는 걸 느낄 수 있었다.

평소에 내가 입을 맞춰드리면 아버지는 행복한 미소를 짓곤 했다. 곤히 주무실 때도 조심스럽게 이마에 살짝 뽀뽀를 하면 어김없이 눈을 뜨고 함박웃음을 지었다. "아이고, 고맙다" 인사도 하셨다.

그러나 이제는 아버지 이마에, 아버지 뺨에, 아버지 손에 내가 입을 맞추어도 아버지는 눈을 뜨지 않았다.

미소도 지어주지 않았다.

새벽 4시경 간호사가 왔다.

사망 확인을 위해서였다.

그녀와 내가 거실에서 이야기를 나누는 동안, 엄마는 아버지 옆에 가만히 앉아 기도를 하셨다.

매일 침대맡에 앉아 글을 읽어드리고, 함께 노래를 하며 남편을 격려했던 아내는 남편이 곁을 떠난 후에도 자신의 자리를 그대로 지키고 있었다.

나는 그 모습을 보면서 마음이 평안해지는 것을 느꼈다.

감사했다.

아침 6시에 장의사 직원 둘이 시신을 옮기러 왔다.

간단한 서류를 작성한 뒤, 나는 잠시 시간을 달라고 했다.

엄마와 언니와 나는 아버지에게 다시 한 번 입을 맞추고, 작별 인사를 했다.

장의사들이 조용히 예를 갖췄다.

아버지의 몸이, 아버지의 침대가 방을 나왔다.

현관을 지나 밖으로 나갔다.

아직 주위는 어두웠다.

사방이 고요했다.

아버지의 산책길을 따라 아버지의 시신을 실은 차가 조용히
움직여 갔다.

다시는 돌아올 수 없는 길로 떠나시는 아버지.

멀어지는 차를 눈으로 좇으며 눈물이 솟았다.

나는 현관 바닥에 주저앉고 말았다.

남편이 나를 부축하고 일으켜 안으로 들었다.

우리는 함께 따뜻한 차를 끓여 마셨다.

눈물이 솟는 황망한 상황 앞에서 두서없이 얘기를 나눴다.

"아버지는 사랑스러운 분이셨어."

"아버지에게 감사해."

"같이할 수 있어서 다행이야."

아침 9시가 넘어 우리는 각자의 방으로 향했다.

아버지가 원하셨던 대로 화장을 하고, 장례식은 나중에 손
자손녀들이 다 모일 수 있을 때 치르기로 했다.
당장은 아무것도 하지 않기로 했다.

정신없이 관례적이기만 한 절차들에서 해방된 우리는 그 후
며칠 동안 아버지의 죽음에 적응하는 시간을 가졌다.
바닷가에서 산책을 하고, 맛있는 음식을 먹고, 아버지 물건
을 정리하며 아버지를 추억했다.
그렇게 할 수 있어서 다행이었다.

당장 장례식을 치르진 않았으나, 우리의 모든 행동의 목적
은 아버지였고 모든 행동의 중심에 아버지가 있었다.
엄마와 언니와 나와 남편은 아버지의 죽음으로 인해 생긴
상처를 서로 보듬어주며, 그렇게 서서히 아버지의 죽음을 받
아들였다.
아버지는 떠났지만, 그 어느 때보다도 우리 곁에 있었다.

2부

산다는 것

누룽지의 시간

물에 만 현미 누룽지 반 공기.

아버지의 밥상.

아버지가 망설이는 듯 입을 열어 물에 불린 누룽지 한술을 입에 넣고 천천히 씹는다.

노을 진 하늘을 보며 뜨기 시작한 현미 누룽지 반 공기, 깜 깜한 밤이 되어도 끝날 줄 모른다.

무표정한 아버지.

아버지의 웃음은 어디로 간 것일까.

한 달 전까지만 해도 아버지는 내내 웃었다. 커피를 타드리 면 웃었고 파도를 보면 웃었다. 아이들 보며 웃었고 고양이에 게도 웃었다. 아버지는 참 잘 웃는 사람이었다.

그런데 낙상 후 거동을 못하게 된 아버지에게선 웃음을 찾 아볼 수 없다.

아버지는 침묵으로 하루를 보낸다.

시선을 피하고 대답을 안 한다.

아버지는 끝이 보이지 않는 깊은 우울의 우물 속으로 들어 가버렸다.

내가 손을 뻗어도 잡지 않으신다.

삶의 욕구를 잃은 아버지에겐 삼시세끼가 고통이다.

좋아하던 김치를 드리면 고개를 저으신다.

맑은 설탕물에 구역질을 하신다.

그저 물에 만 누룽지를 가까스로 받아 드시는데, 그것도 고

역인지 한 숟가락 삼키시는 게 힘들다.

조용한 방, 아버지가 입을 다문 채 누룽지를 우물거리는 소

리가 들려온다.

기도하듯, 눈을 감은 아버지가 천천히 누룽지를 씹는다.

내 머릿속은 온통 걱정이다.

왜 삼키지 못하시는 걸까.

치아가 안 좋으신가. 우울감 때문인가.

우리를 못 알아보시는 건가. 언어 능력을 잃으신 건가.

아버지는 이대로 우리와 작별인 건가…

나는 아버지 옆에서 이런 걱정들로 마음을 졸이며 하염없이

기다린다.

그리고 아버지가 가만히 계시면 다시 누룽지를 떠서 아버지 입에 넣어드린다.

그러고 있으면 시간이 이렇게나 천천히 흐를 수 있다는 사실에 놀라고 만다.

바로 며칠 전까지만 해도 언제 지나갔는지 모르게 쏜살같던 시간, 앞으로 질주해 가기만 하던 시간이 갑자기 내 앞에 가만히 누워 있다.

이제 시간은 아버지의 침대에 묶여 있다.

나는 일 초… 이 초… 시간의 움직임을 느낄 수 있다.

아버지가 누룽지를 씹듯, 우물우물 시간을 곱씹어본다.

어둠이 깊어진다.

선택-1

2015년 9월 19일은 아버지에게 아주 행복한 날이었다.

손자와 딸과 아내와 함께 영화를 보고 저녁을 먹었다. 열흘 후 한국에 돌아가기로 되어 있어서 가족과 함께한 시간은 더 큰 의미가 있었다.

즐거운 한때를 보낸 우리는 늦은 밤 집에 도착했다.

그런데 차에서 내리려는 순간, 고르지 않은 길 탓에 아버지가 균형을 잃고 넘어졌다. 넘어지면서 머리를 부딪친 아버지는 그 충격으로 잠시 의식을 잃었다.

* * *

사고 다음 날, 아버지는 정확한 부위를 모른 채 극심한 통증을 호소했다.

우리는 아버지를 모시고 병원으로 갔다.

엑스레이 결과는 왼쪽 팔꿈치 골절.

충격이 고스란히 전해진 왼쪽 골반과 다리도 통증이 심했다. 정형외과 전문의는 즉시 수술할 것을 권했다. 하지만 아버지가 감기에 걸리는 바람에 수술은 당분간 연기되었다.

낙상의 여파로 몸이 급격하게 쇠약해진 것인지 아니면 처방받은 약이 너무 독했던 것인지, 아버지의 몸은 약을 견뎌내지 못했다. 며칠 내내 의식을 잃은 듯이 주무시기만 했다. 당뇨 수치도 걷잡을 수 없이 치솟았다. 엄마와 나는 이러다 아버지가 돌아가시는 게 아니냐며 불안에 떨었다.

며칠 후 감기는 호전됐다. 그런데 누구도 예상치 못했던 일이 발생하고 말았다. 아버지가 걷지 못하게 된 것이다. 아버지의 다리엔 더 이상 힘이 없었다. 팔이 부러졌는데 걷지도 못하게 된 아버지는 삶의 의욕을 잃어버리고 말았다.

엄마 아버지는 한국에 가서 수술을 받겠다고 했다.
의료비가 비싼 미국에서 보험도 없이 수술을 할 수는 없다는 이유에서였다. 남편과 나는 극렬히 반대했다. 아버지 몸은 장거리 비행을 감당하기에는 너무 쇠약해져 있었고, 지병이 있는 엄마가 혼자 아버지 병간호를 한다는 것도 결과가 뻔히 보이는 위험천만한 생각이었다.

나와 남편은 미국에서 수술을 받으시라고 거듭 말씀드렸다. 수술을 받고 완쾌된 이후에 한국으로 돌아가셔도 늦지 않는다고 했다. 그렇지만 부모님의 결심은 흔들리지 않았다. 내 마음을 몰라주는 게 섭섭했고 상황의 심각성을 깨닫지 못하는 게 답답했지만, 나는 엄마의 강권에 못 이겨 아버지를 한국으로 안전하게 모시고 갈 방법을 알아보기 시작했다.

조금만 움직여도 통증을 느끼며 구역질을 하는 아버지가 열두 시간 비행기를 타고 가려면 누워서 가는 수밖에 없었다. 항공사에 연락해 절차와 경비에 대해 문의했다. 인천 공항에 내리자마자 입국 수속을 간소화하고 병원으로 직행할 수 있게끔 사설 앰뷸런스 예약 준비를 시작했다.

그러나 문제가 있었다.

수술에 관해 문의를 할 때마다 한국의 모든 병원에서 난색을 표했던 것이다.

"그 연세에 오랜 시간 비행기를 타고 오신 후 수술한다는 것은 불가능합니다. 수술 중에 돌아가실 수 있습니다. 수술이 성공적이어도 치매가 될 확률이 높습니다. 수술을 해드릴 수 없습니다."

개인 병원이고 큰 병원이고 모두 한결같은 반응이었다. 그럼에도 불구하고 엄마 아버지는 한국에 돌아가겠노라 고집하셨다. 일단 한국에 가서 몸을 회복한 뒤 수술을 받아도 좋으니 기어이 돌아가겠노라고.

항공사에 침대 서비스를 요구하려면 담당의의 소견서와 친필 사인이 필요하다고 해서 의사를 찾아갔다. 아버지의 피 검사와 엑스레이 검사 결과를 살핀 의사가 말했다.

"강대건 씨의 상태로는 장거리 비행을 하실 수 없습니다. 가는 도중에 사망할 수 있습니다. 여행 허가 서류에 사인을 해드릴 수 없습니다."

그는 내 입장을 지지했다.

"저도 제 아버지가 이런 건강 상태라면 절대로 보내지 않을 겁니다."

부모님께는 청천벽력 같은 말이었지만 엄마 아버지에게는 이미 선택권이 없었다.

의사의 선언으로, 한국에 돌아가는 것은 불가능한 일이 되었다.

* * *

부러진 팔의 수술 날짜가 정해졌다.

그렇지만 '87세 노인의 수술'이라는 것이 내내 목에 걸린 가시처럼 마음에 남아 있었다.

아버지를 한국에 모시고 가 수술을 받게 하려는 계획을 세웠을 때 우리는 한국의 많은 병원들과 전화 상담을 했다. 그리고 단 한 곳의 예외도 없이 수술을 받을 수 없다는 답변을 들었다. 아버지의 연세, 지병, 장거리 비행 등등을 이유로 아버지가 수술 중 돌아가실 수 있고, 치매에 걸릴 수 있다고 했다.

그러나 미국에서 아버지에게 수술을 권고한 정형외과 의사는 그런 것에 대한 고려가 전혀 없었다. 87세 노인의 수술을 마치 레고 조립인 듯 간단하게 이야기했다. 불안감이 가시지 않았다. 이러다가 정말 아버지에게 큰일이 생기는 게 아닐까?

수술 며칠 전, 병원에서 마지막 확인 전화가 왔다.

나는 꼭 확인하고 싶었던 것에 대해 물었다.

"수술 중 위급 상황이 발생할 경우에 대비해서는 준비가 되어 있습니까?"

"간단한 수술이니까 그럴 일은 없을 거예요."

"아무리 간단하더라도 연세가 있는 노인이니까요. 당뇨 조절도 안 되고 있고요. 수술실은 응급실에서 멀리 있나요?"

"응급실은 다른 건물에 있어요. 하지만 그런 위기 상황은 절대 없을 거예요."

불안이 가시지 않았다. 나는 아버지의 당뇨 수치가 조금 안정된 뒤에 수술을 진행했으면 좋겠다고, 수술 날짜를 조정해 줄 수 있느냐고 물었다.

그러자 간호사의 어조가 바뀌었다.

"그럼 후회하실 거예요. 저희 선생님은 아주 바쁜 분이에요. 지금 포기하시면 나중에 받고 싶어도 못 받을 수 있어요."

마치 흥정이라도 하는 듯한 말투에 병원과 의사에 대한 신뢰가 순식간에 사라졌다.

아니, 수술을 받게 하면 안 되겠다고 직감했다.

우리의 선택으로 아버지에게 무슨 일이 생기게 된다면, 평생 후회와 통탄으로 남을 것이었다.

부모님께 상황을 말씀드렸더니, 치매의 가능성에 펄쩍 뛰시면서 수술을 취소하자는 의견을 전폭적으로 지지하셨다.

이후 시간이 지나면서 아버지의 당뇨는 정상 수치를 회복했고, 통증도 서서히 감소했다.

6개월 정도가 지나 검사를 해보니 아버지의 팔은 저절로 치유되어 있었다.

선택-2

나는 오래전부터, 부모님과 함께 살면서 여생을 돌봐드릴 수 있기를 바라왔다. 그래서 병상의 아버지를 돌보는 것은 너무나 자연스럽고 자발적인 선택이었다.

그러나 그것은 거의 감정적인 선택에 가까웠다.

'내 기저귀를 갈며 돌봐주신 부모님, 이제 두 분의 마지막 순간까지 내가 돌봐야지' 하는.

나는 너무나 무지했다.

단호한 결심, 열정적인 헌신, 넘치는 사랑, 부단한 노력만으로는 내가 생각하는 돌봄이 이루어질 수 없다는 사실을 깨달은 것은 아버지가 낙상을 당하고 고작 며칠이 지나서였다.

우리가 앞으로 살기 위해서는 나의 노력뿐 아니라 내가 보살펴드릴 부모님의 노력과 협조가 절대적으로 필요했다.

맨 처음 맞닥뜨린 문제는 '간병인'에 관한 것이었다.

평생 집안의 모든 일을 도맡아 처리하며 살아온 엄마에게는 살림이 됐든 간병이 됐든, 남의 손을 빌린다는 것 자체가 받아들이기 힘든 일이었다. 게다가 아버지를 수치심으로부터 보호하기 위해 엄마는 당신이 할 수 있는 일은 무엇이든 다할 작정이었다. 엄마는 간병인의 고용을 한사코 반대했다.

그러나 용변이며 목욕이며, 엄마와 나 둘이서 감당할 수 있는 일이 아니었다. 나는 급하게 간병인을 구했다. 엄마는 불편하다 못해 불쾌한 내색을 하셨다.

"우리 둘이 하면 되지 왜 딴사람을 들여야 하니?"

엄마도 나도 혈압이 높고 무리하면 안 된다, 아버지를 들고 옮기고 하는 일은 우리 둘 힘으로 벅차다… 설득했지만, 엄마의 반대는 완강했다.

"난 누가 들락거리는 거 싫다!"

"아버지 모습, 남에게 보이는 거 싫다. 우리가 하자."

엄마는 간병인이 오면 불청객이라도 침입한 듯 불편한 기색을 역력히 드러냈다.

엄마의 심정이 이해가 안 되는 것은 아니었다.

팔순이 넘은 나이에 남편이 사고를 당하는 바람에 삶의 터전을 떠나 낯선 땅에 눌러앉게 되었고, 딸네 집에 살면서 아픈 남편과 내내 한 방에서 지내며 병간호를 하고 있는 힘든 상

황에 언어도, 문화도, 생김새도 다른 사람들을 계속 맞닥뜨려
야 하니 얼마나 힘드실까.

그러나 아버지가 쇠약해지면서 할 일이 너무나 많아지고 있
었다. 내가 아버지의 몸을 조금이라도 더 만져드리고, 조금이
라도 더 움직일 수 있게 도와드리고, 조금이라도 더 드실 만한
음식을 만들어드리려면, 그리고 무엇보다 그것을 해내야 하는
내 몸의 건강을 유지하려면 다른 이의 도움이 절실했다.

나는 과격한 선택을 했다. 거의 충격요법에 가까운 무서운
소리를 한 것이다.

"엄마, 엄마는 내가 몸이 약한데 아버지 돌본다고 내내 걱정
하시죠? 도움 안 받으면 엄마 딸 죽어요. 그러니까 저 살려준
다 생각하고 간병인 문제를 받아들여주세요.

그 사람들 마주치는 거 불편하시면 그 시간에는 다른 방에
가서 쉬세요. 엄마가 쉬시면, 나중에 또 내가 엄마 믿고 쉴 수
있잖아요. 그러니까 제발 엄마…"

엄마는 딸을 위해 마음의 방향을 바꾸었다.

그리고 간병인들의 시급 계산까지 맡아주셨다. 날짜와 시간

을 기록하고 정확한 액수의 돈을 봉투에 넣는 일은 각기 다른
시간대에 출입하는 간병인들을 관리하는 데 큰 도움이 되었
다. 나는 부담을 덜 수 있었다.

나는 엄마의 선택에 감사했다.

엄마의 선택이 나와 엄마와 아버지를 살렸다.

감사한 선택은 아버지도 해주었다.

난데없이 병상에 눕게 되어 용변까지 남의 손에 맡기게 된
아버지는 굳은 의지로 자신의 현실을 받아들이셨다.

간병인들을 두고 "이 사람 싫다, 저 사람 싫다" 불평하지 않
고, 묵묵히 자신의 몸을 나와 그들에게 맡겨주셨다.

부정적인 태도 대신, 인내와 겸손과 감사의 마음을 택했다.

아버지의 선택은 우리 모두의 일을 수월하게 해주었고 기쁨
과 보람을 안겨주었다.

아버지는 일을 마치고 나가는 간병인들에게 미소를 머금고,
고개를 못 돌리시니 천장을 올려다보는 채로 "셀레나, 생큐"
"빅토리아, 생큐" 하고 외쳤다. 생각지 못한 감사 인사에 감동
한 그들은 가슴에 손을 얹고 "제가 감사해요!" 하고 화답했

다. 요양원에서 일하는 셀레나는 "요양원 환자들은 아무도 고맙다는 말을 하지 않아요"라고 했다.

엄마 아버지의 현명한 선택에 힘입어, 나는 아무런 준비 없이 무턱대고 떠나온 '간병'이라는 여행을 힘들지만 동시에 기쁘게 해나갈 수 있다.

소모적인 싸움을 피하고 온전히 아버지를 보살피는 과정에 전념할 수 있다.

두 분의 선택이 모두에게 가져다준 복이다.

사람은 비록 몸을 쓸 수 없게 된다 해도 사고할 수 있다.

팔순 구순의 나이에도 생각을 바꿀 수 있고, 주변과 화합할 수 있다.

나는 부모님을 통해 그 사실을 배운다.

그들을 통해 나의 노년을 배운다.

아버지의 몸

아버지를 내려다볼 때 나는 저절로 다정해진다.

순수한 아기처럼 나를 믿는 아버지의 눈을 보면 저절로 사랑이 느껴진다.

아버지의 몸은 소중하다.

그래서 부드럽게 돌보려고 노력한다.

비누칠을 할 때, 헹굴 때, 로션을 바를 때 갓난아기를 다루듯 조심한다.

그러나 나를 도와주는 간병인들에게는 부탁하는 게 있다.

"아기를 대하듯 다정하되, 존중할 것."

육체적으로 의존하고 있으니 아기나 다름없는 상태이지만, 아버지가 하나의 온전한 인격체임을 잊어서는 안 된다고 수시로 강조한다.

다행히 모두가 나의 뜻을 헤아려줬다.

주위 사람들뿐 아니라 아버지 자신이 스스로를 존중하는 것도 중요하다. 자신의 존재를 다만 '거동할 수 없는 육신'으로 인식해서는 안 되기에, 나는 끊임없이 아버지와 대화를 하고 함께 시와 산문을 읽는다. 아버지가 쓴 책을 읽어드리고, 철학이며 문학 강좌를 보여드린다. (가끔은 제자가 강연하는 모습을 보시기도 했다. 무척 뿌듯해하셨다.)

나는 항상 마음으로 아버지에게 메시지를 보낸다.
'아버지, 자신이 누구인지 잊지 마세요.'

* * *

사고 후, 아버지는 자신의 몸을 만질 수 없게 되었다.

팔을 들어 올리지 못하니 스스로 머리를 긁적일 수도, 뺨을 만질 수도, 턱을 쓸어내릴 수도 없다.

그래서 언젠가부터 나는 아버지가 '가려워할 만한 곳'을 찾아 살살 긁어드린다.

두피는 기본이고 이마며 미간이며 귓불이며, 아프지 않았을 때는 의식 없이 손이 가던 곳들을 살펴드린다. 어느 날은 미간을 꾹꾹 지압해드리다가 수건에 물을 적셔 눈썹 부위를 긁어드렸더니 아버지가 무척 좋아하셨다.

"아… 시원하다! 그런데 신주야, 넌 어떻게 내가 가려운 곳을 이렇게 잘 아니?"

"아, 그래요? 그게 사랑 아니겠어요. 헤헤."

"고맙다."

아버지가 10시 30분경 일찍 잠이 드셨다.

기대치 않게 시간이 주어진 나는 내 방에 올라가 느긋하게 샤워를 했다.

자기 전에 아버지 잠자리를 봐드리려고(욕창을 방지하기 위해 자세를 바꿔드려야 한다) 자정 무렵 아버지 방으로 내려갔다.

무심코 아버지 얼굴을 만졌는데 이마와 뒷목이 불처럼 뜨거웠다. 깜짝 놀라 수건에 찬물을 적셔 얼굴과 목의 뜨거운 기운을 식히기를 반복한 지 삼십여 분. 마침내 아버지 체온이 정상으로 돌아왔다.

눈을 감고 있던 아버지가 말했다.

"아… 시원하구나. 고맙다."

"고맙긴요. 아버지, 앞으로 여섯 시간 더 같은 자세로 계셔야 해요. 잘 참아주셔서 고마워요."

"나는 괜찮아."

"한 번 더 마사지를 해드리고 올라갈게요."

나는 아버지의 머리 어깨 무릎 발을 차례로 주물러드렸다.

발가락까지 마사지를 한 후 이불을 덮어드리는데, 아버지가 눈을 뜨셨다.

"신주야 고맙다."

나는 "왜 그래요, 아버지"하며 막내둥이 애교를 부렸다.

"하느님이…"

갑작스러운 하느님 소리에, 나는 가만히 아버지의 말을 기다렸다.

순간, 아버지가 눈물을 흘리시는 게 아닌가.

나는 깜짝 놀라 아버지의 손을 잡았다. 울먹임 속에 아버지의 말이 이어졌다.

"하느님이 우리 어머니를 일찍 데리고 가셔서… 내가 받지 못한 어머니의 사랑을… 너를 통해서 받게 해주시는 것 같구나."

아버지의 눈에서 눈물이 흘러내려 베개를 적셨다.

아버지 눈물을 닦아드리는 나의 눈에서도 눈물이 흘렀다.

"아버지 같은 분을 돌봐드릴 수 있다는 게 저에게는 축복이에요."

"고맙다…"

아버지 방의 불을 끄고 내 방으로 올라왔다.

잠자리에 누웠는데 잠이 오지 않는다.

천장을 바라보며 울먹이던 아버지의 얼굴이 눈앞을 맴돌았다.

아버지가 구순에 가까운 나이에도 생생히 기억하는 할머니는 아버지가 아홉 살 때 돌아가셨다.

할머니는 아기 강대건을 포근히 품에 안아 젖을 먹이고, 기저귀를 갈며 다정히 엉덩이를 두드려주고, 깨끗한 물에 몸을 씻겨주었겠지.

새근새근 자는 어린 아들을 사랑스러운 눈으로 내려다보셨으리라.

할머니는 그 옛날의 자신을 닮은 지금의 나를 보며 흐뭇해하고 계실까.

자신이 그리도 사랑했던 아들이 안온한 사랑을 받고 있음에 안심하고 계시면 좋겠다.

"할머니, 마음 놓으세요. 제가 잘할게요."

나는 서른일곱에 세상을 떠난 아버지의 어머니와 그렇게 마음의 대화를 주고받는다.

제임스와 샌드라와 미치코

아버지 상태가 조금이라도 나빠지면 나는 밤잠을 이루지 못한다.

아버지가 힘들어하시는 모습이 안쓰럽고, 그런 아버지를 돌보느라 힘든 엄마가 걱정이다.

그래서 가끔 부모님 방이 있는 아래층 소파에서 잠을 잔다. 이층 내 방에서는 아버지의 숨소리를 들을 수 없기 때문이다.

어느 날, 부엌일을 마무리하고 거실에서 책을 읽다가 잠깐 졸았나 보다.

눈을 떠보니 새벽 2시, 내 방으로 올라가려는데 부모님 계신 방에서 인기척이 느껴졌다.

"여보, 여보, 자요?"

아버지의 목소리이다.

"미안해. 내 기저귀가 젖었어요."

엄마가 깨시기 전에 내가 해야지 하고 방으로 갔는데, 엄마가 일어나 아버지 침대를 향해 우두커니 서 있었다. 아직 잠이 덜 깨신 거였다. 나는 엄마에게 다시 주무시라고 하고, 아버지 기저귀를 서둘러 갈아드렸다.

정리를 끝내고 불을 끄려는데, 엄마도 아버지도 나를 바라
보고 있었다.

나는 불을 끄며 말했다.

"제임스, 어서 주무세요. 샌드라도 어서 주무셔야지. 이제
미치코는 갑니다."

하하하하! 어둠 속에서 두 분이 웃었다.

이제 새벽 6시까지는 편히 주무시겠지.

이층으로 향하는 마음이 가벼웠다.

* * *

제임스, 샌드라, 미치코.

아버지, 엄마, 나의 별칭이다.

밤마다 우리는 새로운 사람들이 된다.

"제임스, 기저귀 갈 시간입니다. 오늘도 수고하셨어요!"

"샌드라, 금발이 멋있네요. 근데 풀어헤치니까 '미친 샌드라'
같아요."

"하하하하!!"

이름을 바꿔 부르는 순간, 우리는 모두 다른 사람이 된다.

'제 몸을 가누지 못하는 남편/아버지'가 아니고, '남편 수발 드는 아내/어머니'가 아니고, '아픈 아버지와 나이 든 어머니를 돌보는 힘든 딸'이 아니다.

그 무거운 정의로부터 모두 자유로워진다.

나는 도움이 필요한 제임스와 샌드라를 도와주는 조금 덜 늙은 미치코가 된다.

우리는 가족을 벗어나 친구로 묶인다.

우정이 생겨난다.

가벼워진다.

엄마 아버지 방에는 새 이름으로 새 정체성을 가지게 된 물건들이 꽤 많이 있다.

예를 들어 아버지 자세를 바꿀 때 품에 안고 계시게 하는 베개, '춘심이'. 어머니 이춘산 여사의 질투심을 유발하기 위한 교묘한 작명이다.

나는 "아버지, 이제 등 돌려드려야 하니 베개를 앞으로 끼울게요" 하는 대신, "아버지, 등을 돌려 누울 시간입니다. 춘심이를 안아주세요"하고 말한다. 아버지는 베개를 안으며 하하 웃으신다. 웃으며 등을 돌리니 아버지도 나도 즐겁다.

춘심이는 멕시코 간병인들이 발음하기 편하게 가끔은 '롤리타'가 되기도 하고 '카르멘'이 되기도 한다. "카르멘을 안으세요"하면 간병인들도 아버지도 웃음바다가 된다.

나는 아버지가 누워서 변을 보시면, 물티슈로 변을 싸서 아버지에게 꼭 보여드린다. 우리 모두 용변 후 무의식적으로 변기의 자기 똥을 내려다보듯이, 아버지도 자신의 똥을 볼 권리가 있다고 생각하기 때문이다.

따뜻한 똥의 온기를 손에 느끼며, 나는 매번 긍정적이고 즐거운 멘트를 날린다.

"아버지, 오늘의 업적입니다!"

"아버지, 오늘은 왕건이가 나왔습니다!"

"아버지, 오늘은 셀프서비스 확실하네요. 닦을 게 없어요."

"득남하셨습니다!"

"끝이 뾰족해서 붓으로 써도 될 것 같아요!"

"와, 크네요! 심 봤다!"

나의 손에 늠름하게 들린 자신의 똥을 보며, 처음에는 큰 충격을 받았던 아버지도 이제는 같이 웃으신다.

　아버지는 더 이상 자신의 똥을 부끄러워하지 않는다.

　내가 아버지의 똥을 들어 올려 보여드리는 순간, 아버지에겐 자신의 똥이 더러운 게 아니라는 사실이 확실해진다.

　내가 아버지 똥을 치우는 게 더러운 일이 아니라는 사실 또한 확실해진다.

　우리 모두는 자유로워진다.

　그것이 더할 수 없이 좋다.

　우리는 똥을 '상상'하며 실제보다 더럽게 여기는 것 같다.

　나 역시 미혼일 때는 아기들의 똥을 상상하면 아이를 갖고 싶은 마음이 사라졌다.

　그런데 막상 아이를 낳아 키우면서는 황금 똥이 나왔다고 박수치며 좋아하고, 무른지 딱딱한지 상태에 따라 기뻐하게까지 된 것이 바로 그 '똥'이다.

　같이 사는 고양이 똥은 안 그런가? 같이 사는 개의 똥은?

아버지의 똥은 실제로는 아무것도 아니다.

매일매일 배변을 한다는 것 자체가 그저 축하할 일일 뿐.

우리에게 '똥'은 더러움/깨끗함의 기준을 완전히 벗어나 건강의 상징이다.

나의 손

아버지를 돌보면서, 나는 살림을 시작했다.

결혼한 지 한참인 주부가 '살림을 시작했다'니 부끄러운 소리겠지만, 살림에는 재능도 관심도 없는 터라 대강 지내왔다.

그러나 아버지를 돌보게 되면서 모든 것이 완전히 달라졌다.

아이들은 자라면서 이것저것 주워먹을 곳도 많고 몸이 건강하니 주워먹어도 괜찮지만, 아버지는 아니었다. 모든 음식에 구역질을 하셔서 누룽지만 드시다 보니 영양 부족으로 몸 상태가 엉망이 되어갔다. 좋아하던 음식들이 다 역해지고, 소화 능력과 씹는 능력이 모두 약해진 상황이니 어떻게든 영양 손실이 없게끔 노력해야 했다.

때문에 나는 부엌에서 많은 시간을 보낼 수밖에 없었다.

안 하던 요리를 하자니 손 여기저기에 상처가 많이 생겼다.

어느 날은 남편이 깜짝 놀라 물었다.

"손바닥의 상처는 어쩌다가 난 거야?"

"아보카도를 자르다가."

"아니, 아보카도를 자르다가도 이렇게 될 수 있어? 손가락은 또 왜 그래?"

"양파 자르다가. 양파도 얼마나 미끄러운데." (마치 한 번도 양파를 본 적이 없는 사람 대하듯 뻔뻔하게)

"그 옆의 상처는?"

"그건 셀러리를…"

칼에 베이는 일은 다반사고, 불에 데는 일도 잦아졌다.

수프를 젓다가 뜨거운 수프가 튀어 비명을 지르는 것은 애교에 속한다. 기름이 튀기도 하고, 뜨거운 물이 튀기도 하고, 뜨거운 팬을 잡다가 화상을 입지를 않나… 손빨래에 설거지에 아버지 목욕에, 습진이 생겨 결혼반지도 빼놓았다. 내 손은 굵고 거칠어졌다.

그러나 내가 어떻게 하느냐에 따라 아버지의 생사가 갈리는 상황에서, 내 손 따위는 당연히 관심 밖이었다.

엄마는 나의 손을 보고 가슴 아파했다.

"하얗고 곱던 네 손이 어쩌다가 내 손처럼… 우리 때문에 고생해서 너무 미안하구나."

말도 안 되는 소리. 내 손이 엄마 손 같다니!

내 손을 어디 엄마의 세월에 비하겠는가.

내 손은 지금까지와는 아주 다르게 쓰이고 있다.

나는 내 손 덕분에 해보지 못한 것을 해보고, 느끼지 못했던 감정을 느끼게 되었다.

내 손으로 아버지에게 사랑을 표현할 수 있고, 내 손으로 아버지를 외로움과 두려움에서 보호해드릴 수 있고, 내 손으로 한 인간의 마지막 존엄을 지켜드릴 수 있어서 다행이다.

나는 내 손이 감사하다.

우리들의 뽀뽀식

아버지 배변을 봐드리고, 끼니를 챙겨드리고, 양치를 해드리고, 잇몸 마사지를 해드리고, 코 세척을 해드리고, 세수를 시켜드리고, 두피와 얼굴과 어깨를 마사지해드리며 우리의 저녁 시간은 지나간다.

이 모든 일이 끝난 뒤에야 아버지는 침대로 옮겨진다.

베개를 갈고 기저귀를 살피고 티셔츠를 매만져드린 뒤 혈액 순환이 잘 안 되어 차가워진 아버지의 다리와 발을 포근한 담요로 둘둘 감는다.

밤에 소변을 보셔도 새지 않도록 소변기를 채워드리고, 몸 위에 가벼운 담요를 두 겹 덮어드린다. 어깨에는 따뜻한 팩을 올린다.

엄마와 함께 "하나둘, 여기 잡으세요, 네가 들어라, 제가 손 넣을게요, 거기 잡아주세요" 하며 손을 맞춘다.

우리는 서로를 칭찬해주고 가끔은 "우리 너무 잘하는 거 아냐?"라며 키득거린다.

내가 웃어야 부모님이 안도한다는 것을 나는 안다.

부모님이 웃어야 나는 안도한다.

엄마도 잠자리에 드신 것을 확인한 다음, 나는 우리들 밤 의식의 하이라이트인 '뽀뽀식'을 거행한다.

이 '뽀뽀식'은 최근에 만든 것이다.

어느 날 밤, 은발을 곱게 넘기고 누워 있는 아버지를 보면서 아이들 어렸을 때 생각이 났다.

시끌벅적 목욕을 마친 뒤 젖은 머리를 말끔히 빗고 침대에서 책을 읽던 아이들. 나는 아이들의 침대에 걸터앉아 이야기를 나누고 밤 인사를 해주곤 했다.

'뽀뽀' 말이다.

"굿나잇, 우리 예쁜이!" (쪼옥~)

"굿나잇, 엄마. 사랑해!"

목욕 후의 아이들은 물먹은 화초처럼 파릇파릇했고 향기로웠다.

그 반짝거리는 얼굴에 입술을 대고 뽀뽀를 해줄 때의 행복감을 어찌 말로 다할까.

내 아들과 내 아버지의 얼굴이 닮아서였을까?

깨끗한 이불을 덮고 가만히 누운 아버지께 예전에 아이들에게 했던 것처럼 뽀뽀가 하고 싶어졌다.

가볍게 아버지 이마에 입을 맞췄다.

눈을 감고 있던 아버지가 깜짝 놀랐다.

그럴 만도 하다. 엄마가 아버지 뺨에 입을 맞추는 일은 없고, 우리 삼남매 역시 어려서 아버지에게 뽀뽀해드린 기억이 없으니 아버지 뺨은 뽀뽀 결핍 상태.

그런데 아버지의 뺨에 내 입술이 닿는 순간, 나는 분명히 느낄 수 있었다. 아버지에게 새롭고 긍정적인 기운이 순식간에 전해지는 것을.

나는 아버지 얼굴에 뽀뽀를 퍼부었다.

"이건 천국에 계시는 할머니가 해주는 뽀뽀예요!"

"이건 천국에 계시는 오빠가!"

"이건 천국에 계시는 할아버지로부터!"

외삼촌, 장인, 장모, 큰누나, 작은누나, 형⋯ 돌아가신 분들을 한 분 한 분 기억해내며 나는 아버지 뺨에 뽀뽀를 했다.

이제 누구 뽀뽀를 해드린다?

"아버지, 이건 천국에 먼저 가신 가수 배호님 뽀뽀~"

하하하! 아버지가 웃음을 터뜨리셨다.

진지해지거나 어색해질 수 있는 우리의 의식을 즐겁게 만들어주시는 고마운 배호님.

그리고 이어지는 매일의 마지막 뽀뽀.

"아버지, 오늘도 잘 버텨주셨어요. 감사해요." 쪼옥~

"제 아버지가 되어주셔서 감사해요." 쪼옥~

"아버지는 저에게 무척 소중합니다." 쪼옥~

"오늘도 편히 주무세요." 쪼옥 쪼옥 쪼옥~

우리는 댕고를 춘다

"아버지, 저랑 탱고 추실래요?"

침대에 누워 있는 아버지를 변기나 휠체어로 옮기려면 다른 이의 도움이 필요하다. 대개 힘 좋은 간병인들의 일이지만 상황에 따라 내 몫이 되기도 한다. 그것은 힘이 약한 내게는 아주 어려운 일이다. 자칫 아버지 무게 때문에 균형을 잃어 뒤로 넘어질 수도 있다.

그러나 나와 아버지는 호흡을 맞춰나간다.

탱고를 추는 이들이 상대에게 몸을 맡기고 서로의 작은 신호를 감지하며 춤을 이어가듯, 나는 그날그날 달라지는 아버지의 상태를 파악해 아버지가 움직이기 편한 리듬을 찾아 천천히 리드한다. 아버지 또한 나를 완전히 믿고, 조금 성한 오른발로 온 힘을 다해 제자리돌기를 하며 변기에 앉는다.

몇 걸음 되지 않는 스텝에 아주 미미한 반경의 움직임일 뿐이지만, 아버지가 변기에 앉는 그 순간, 우리 둘은 안도감과 더불어 기쁨과 성취감을 느낀다.

현란한 스텝으로 정열적인 탱고 공연을 마친 탱고 댄서라도 되는 듯이.

다른 모든 일에 있어서도, 아버지와 나는 서로를 신뢰하며 리듬을 타는 탱고 파트너이다. 면도할 때, 식사할 때, 목욕할 때, 아버지가 편안해하는 리듬을 찾아내고 그 리듬을 간병인들에게 전달하는 것 또한 나의 임무다.

일상 속에서 무의식적으로 이루어지는 모든 행위를 할 때면 누구에게나 자기만의 리듬이 있다.

음식물을 삼키는 사소한 행위에도, 입에 넣고 혀를 굴려 적절한 위치를 찾은 다음 그것을 삼키기까지 자기만의 무의식적인 규칙이 있다.

사람마다 속도와 리듬이 다르다.

아버지는 아주 느린 분이다.

매사 그러셨다. 병상에 눕기 전에도, 식사 때 제일 나중에 수저를 놓으셨다.

그런데 안타깝게도 아버지에게 음료와 음식을 드리는 모든 이 가운데, 아버지 스스로 하셨더라면 유지했을 만큼 느린 리듬으로 식사하는 사람은 한 명도 없다. 모두가 제 나름으로 아버지에게 맞춘다고 하지만, 아버지의 리듬을 존중하지 않아서 물이나 유동식이 목에 걸려 호흡 곤란을 일으킨 경우가 한두 번이 아니었다. '한 숟가락'에 아버지의 생사가 달려 있다는 것은 아주 두려운 일이다.

그래서 나는 스스로에게, 그리고 엄마와 간병인들에게 수시로 강조했다.

"천천히, 계속 아버지 표정을 살피면서 아버지 리듬에 맞추어주세요! 무조건 느리게 하는 게 목적이 아니에요. 아버지 리듬에 맞추는 게 중요합니다!"

서로의 리듬에 주의를 기울이면서부터 음식이 목에 걸리는 사고가 훨씬 뜸해졌다.

아버지의 리듬을 알고 그 리듬에 맞추는 것은 아버지의 자존감을 위해서도 중요하다. 아무리 미미해도 자신에게 자율성이 있다는 것은 사람에게 중요한 일이다.

손가락조차 굽힐 수 없고 몸도 가눌 수 없지만, 자신이 무언가를 해서 나와 간병인의 힘을 덜어줄 때 아버지는 뿌듯해하신다.

완벽한 탱고를 추기 위해, 나는 복잡한 스텝을 설명하는 탱고 선생님처럼 아버지에게 미리 차근차근 설명한다.

동작을 하는 동안에도 계속해서 설명을 이어간다.

어떤 동작을 할 것인지 예고하고, 어떻게 해야 하는지 설명하고, 아버지를 격려하기 위해 감사의 말을 전한다.

"아버지, 이제 바지를 입으실 거예요. 무릎을 굽히신 다음, 엉덩이를 잠깐 들어주시면 돼요. 아주 간단한데 저에겐 큰 도움이 됩니다."

"천천히 할게요. 자, 무릎을 굽혀주실 수 있어요? 왼발, 오른발, 이번엔 두 발 다 굽히셨네요. 아버지 다리가 많이 부드러워졌어요."

"이제 제가 하나 둘 셋 하면 엉덩이를 잠시 들어주시면 돼요. 이제 갑니다. 하나아, 두울, 세엣! 잘하셨어요! 고마워요!"

"자, 이제 엉덩이를 든 채로 잠깐만 기다려주세요. 먼저 제가 바지의 오른쪽을 올립니다. 와, 잘 올라가네요. 감사!! 이제 엉덩이 다시 내리시고 한 번 쉬었다가 다시 엉덩이 들게요. 오오, 감사!!"

이런 식으로 아버지와 같이 탱고를 추면, 바지를 다 입고 난 다음에는 아버지 기분이 눈에 띄게 좋아진 것을 느낄 수 있다.

가끔 힘 좋은 간병인이 설명을 다 생략하고 혼자 끙, 하고 아버지를 들어 옮길 때가 있다. 나는 절대 그러지 말아달라고 한다. 아버지가 할 수 있는 일들을 아버지에게서 뺏지 말라고. 그건 아버지를 도와드리는 게 아니라고.

'탱고' 덕에 아버지 얼굴이 밝아지고 있다.

얼마 전까지만 해도, 아버지는 눈을 꼭 감고 계셨다.

딸을 힘들게 하는 게 괴로우셨으리라.

그러나 미리 천천히 설명해드리고 아버지가 할 수 있는 동작을 당신 리듬으로 하게 하니, 언젠가부터 눈을 뜨고 적극적으로 임하신다.

"뭐든지 내가 할 수 있는 거 있으면 이야기해라. 내가 하마. 이렇게라도 내가 널 도울 수 있으니 좋다."

아버지와 나는 변기에 앉기, 기저귀 갈기, 유동식 섭취하기, 옷 입기 같은 소소한 일들을 느린 '탱고' 박자로 해낸다.

나는 아버지를 리드하고 아버지는 나를 믿고 따르며, 우리
는 우리만의 느리고 행복한 탱고를 춘다.

면도

아침마다 아버지 면도를 한다.

눈을 감은 아버지의 얼굴을 따뜻한 물수건으로 부드럽게 닦고, 천천히 면도 크림을 바른 다음 조심히 면도를 하다 보면 어김없이 떠오르는 얼굴이 있다.

스무 날을 혼수상태로 있다가 세상을 떠난 나의 오빠.

오빠의 입관 날, 나는 오빠의 몸이 낯선 사람들에 의해 만져지는 광경을 바라봐야 했다. 오빠의 마지막 면도는 마치 의사가 중요한 수술이라도 집도하는 듯 진지하게 행해졌다. 바로 한 달 전, 우리 집에서 나와 이야기를 나눴던 오빠는 말없이 면도를 당하고 있었다. 평생 한 번도 본 적 없는 오빠의 면도하는 모습을 오빠가 돌아가신 뒤 처음으로 보게 되다니.

면도가 끝난 뒤에는 패션감각이 좋았던 오빠가 질색했을 것 같은 수의가 오빠에게 입혀졌다.

관을 닫기 전, 오빠에게 마지막 작별 인사를 하라는 소리가 들렸다.

'오빠, 잘 가. 부모님은 내가 돌볼 테니 걱정 마요. 사랑해, 오빠'라고 작별의 말을 건네면서도, 말끔한 오빠가 '죽은 사람'

이라는 사실이 도무지 믿기지 않았다.

그날 이후 면도에 관한 모든 것은 나에게 죽음의 이미지로 다가왔다.

슈퍼마켓의 면도 크림, 면도칼 광고, 아침에 무심히 면도하는 남편, 아들이 쓰레기통에 버린 면도칼. 사소하고 의미 없는 이 모든 이미지들 앞에서 나의 마음은 갑자기 정지되어, 속수무책 그날의 영안실로 돌아가곤 했다.

관 속에 누운 오빠, 면도를 마친 말끔한 얼굴, 굳게 닫힌 입술… 세월이 흐를수록 그 이미지들은 퇴색되기는커녕 더욱 선명해졌다.

나는 그 날카로웠던 경험들과 쉽사리 화해하지 못했다.

오빠가 저세상으로 떠나고 2년이 지나, 나는 아버지의 병간호를 하게 되었다.

매일 아침 아버지의 면도를 하게 되었다.

매일 아침 죽음의 기억이 나를 찾아왔다.

눈을 감고 누워 있는 아버지의 얼굴을 따뜻한 수건으로 닦고 있으면, 눈을 감은 채 관 속에 누워 있는 오빠의 얼굴이 겹쳐 보였다.

풍성한 눈썹, 살짝 높은 콧잔등, 앙다문 입술의 각도, 입술의 모양.

아, 오빠와 아버지는 어쩌면 이렇게 닮았는지.

가습기에서 수증기가 피어오르는 조용하고 평화로운 방, 아버지는 딸이 면도를 해주는 동안 가슴에 손을 얹은 채 잠에 빠져든다.

나는 관 속에 누운 오빠의 모습과 너무도 닮은 그 모습에, 고개를 돌리고 만다.

아버지의 죽음의 순간이 겹쳐진다.

그런데 언젠가부터 나의 마음에 변화가 생겼다.

면도는 더 이상 죽음의 의식이 아니다.

나는 면도를 통해, 매일 아침 '살아남'을 경험한다.

면도를 하는 동안 눈을 감고 있는 아버지는 나에겐 잠시 '운명하신 분'이다.

단정히 입을 다물고, 눈을 감고, 가슴에 손을 얹은 채 관 속에 누워 있는 오빠처럼.

그러나 영영 눈을 뜨지 않았던 오빠와 달리, 아버지는 매일 아침 눈을 뜨신다.

면도 후 얼굴을 닦아드리고 "아버지, 면도 끝났습니다" 하면 짧은 휴식에서 깨어난 아버지가 밝은 미소로 "고맙다" 응답하신다.

"요금은 오천 원입니다. 경로우대 해드렸습니다~" 농담을 하면 "하하하" 소리 내어 웃으신다.

꼭 닫혀 있던 아버지의 입술이 열리는 순간, 나는 '살아나는 생명'을 경험한다.

면도를 하는 동안 나의 마음을 무겁게 했던 죽음의 기억, 죽음의 상상은 어느덧 사라진다.

아버지와 나는 음악 듣기, 커피 마시기, 산책하기 같은, 육체와 정신이 함께 살아 꿈틀거리는 삶 속으로 다시 돌아온다.

아버지를 매일 면도해드리며, 나는 오빠의 죽음과도 화해하게 되었다.

매일 죽음과도 같은 수면 후에 눈을 뜨고 미소 짓는 아버지를 보며 나는 천국에 있는 오빠의 미소를 본다.

아버지의 눈빛에서 오빠의 눈빛을 읽고, 아버지의 모습에서 오빠를 본다.

오빠가 살아 있음을 확신하게 된다.

매일 아침, 죽음과 살아남을 경험하면서 나는 좀 차분해지는 것 같다.

나는 더 이상 죽음에 기겁하지 않는다.

아버지가 언제고 돌아가실지 모른다는 생각이 들어도 침착하다.

매일 면도 후에 눈을 뜨시듯, 죽음 후에도 눈을 뜨실 것을 알기 때문에.

아버지와 행복하게 나눌 내일의 아침을 기대하며, 나는 편히 잠을 청한다.

함께 걷기

엄마가 넘어지셨다.

아침 산책 다녀오는 길, 집 앞에서.

휠체어를 탄 아버지가 바로 옆에 계셨다. 고개를 자유자재로 가눌 수 없는 아버지는 내 비명 소리를 듣고도 엄마를 향해 고개를 돌릴 수 없었다.

급히 엄마를 부축해 일으키고 목석처럼 정면을 향해 있는 아버지에게 소식을 전했다.

"아버지, 엄마 괜찮으시네요!"

그런데 아버지가 울고 있었다.

소리 없이, 잔뜩 일그러진 얼굴로 눈물을 흘리고 있었다.

나는 얼른 아버지 얼굴을 닦아드리며 말했다.

"많이 놀라셨어요? 엄마 괜찮아요."

그러자 아버지가 울먹이며 말했다.

"그 노인, 참 불쌍하구나."

그러곤 또 눈물을 흘리셨다.

엄마가 제 몸 확인할 새도 없이 아버지를 잡고 말을 보탰다.

"난 괜찮아요!"

부모님 마음을 진정시키고 집으로 돌아왔다.

점심 준비를 하는데, 아버지가 하신 말씀이 자꾸 떠올랐다.

"아이고, 불쌍해라!"라는 말이 더 어울릴 상황이었는데 아버지는 왜 "그 노인, 참 불쌍하구나" 하셨을까?

문득, 당신의 '불쌍한' 처지에 대한, 노년에 대한 한스러움이 담긴 말일지도 모르겠다는 생각이 들었다.

아버지가 넘어졌던 장소는 엄마가 넘어진 곳에서 불과 몇 미터 거리, 거의 같은 지점이었다.

그날 이후 아버지 인생은 완전히 바뀌었다.

죽을 고비를 넘겼고, 한국에 돌아갈 수 없게 되었고, 하루 종일 자신의 몸을 남의 손에 맡기게 되었다.

노년의 무력함을, 아버지는 처절히 느끼고 있으리라.

아버지가 넘어진 날, 엄마는 지척에 있었지만 아버지를 지켜줄 수 없었다.

엄마가 넘어진 순간, 아버지는 지척에 있었지만 엄마를 지켜줄 수 없었다.

휠체어에 매인 몸이니 엄마를 부축해줄 수도 없었다.

고통스럽게 받아들일 수밖에 없는 노년의 비애였을 것이다.

아버지는 배우자의 늙은 처지가 가엾고, 동시에 무력해진 자신이 가여운 것이다.

무력한 노년이 처량한 것이다.

'늙음'은 한 인간이 홀로 오롯이 겪어내야 하는 인생의 과정인 것 같다.

우리 모두는 그 '불쌍한 경험'에서 누구도 자유로울 수 없다. 그저 묵묵히 감당할 수밖에.

내가 아무리 부모님을 잘 모시려고 해도 두 분 각자에게 맡겨진 그 실존적 고통은 내가 개입할 수 있는 영역이 아니다.

그러나 '마음이 가난해져버린' 나이 든 부모를 모시며, 나는 생각한다.

마음이 가난하니 그들을 행복하게 해드리는 게 너무나 쉽지 않은가.

곁에서 눈 마주치며 이야기를 나누고, 가려운 데를 긁어드리고, 다정히 머리를 쓰다듬어드리고, 베개를 바로 놓아드리고, 손톱이며 발톱을 깎아드리고… 이렇게 간단한 일들이 그들에게 행복감을 안겨준다.

노인들은 언제든 행복할 준비가 되어 있다.

내가 곁에서 조금 힘이 되어드릴 수 있어서, 내가 그분들의 인생에 조금 행복을 드릴 수 있어서 다행이다.

내게도 곧 노년이 찾아올 것이다.

엄마의 걸음마

첫째가 걸음마를 배우기 시작했을 때 아슬아슬 걷는 아이의 뒤를 따라가곤 했다. 혹시라도 넘어질까, 그래도 혼자 걷게해야지, 너무 멀지도 너무 가깝지도 않은 거리를 유지하면서. 첫째가 온전히 걷게 되었을 무렵 둘째가 생겼고, 나는 둘째를 업은 채 세발자전거를 타고 앞서가는 첫째의 뒤를 따라가곤했다.

보이지 않는 탯줄로 연결된, 편안하고 행복한 산책이었다.

세월이 지나, 두 아이는 집을 떠났다.

그리고 이제 나는 아이들과 같이했던 산책을 부모님과 함께다시 시작했다.

아버지의 휠체어를 밀면서, 걸음마를 하듯 걷는 엄마를 조심조심 살피면서…

엄마가 다시 잘 걷게 되어서 정말 다행이다.

아버지 사고 후, 엄마의 건강도 급격히 악화됐다. 혈압과 심장에 문제가 생겼고, 급기야는 잘 걷지 못하게 되었다. 집 안에서 계단 몇 개를 오르는 것이 아슬아슬한 묘기같이 되어버렸고, 침대에 앉았다가 일어날 때 균형을 잃고 넘어지기도 했다. 지팡이를 잡아도 균형을 못 잡으니 엄마 스스로도 걷는 것을 두려워했다.

아버지 병간호 6개월 만에 벌어진 일이었다.

엄마의 생활을 살펴보니, 아버지를 돌보느라 정신없는 엄마가 몸을 움직이는 것이라고 해봐야 집에 있는 러닝머신 위에서 이십 분 정도 걷는 게 다였다. 하루 종일 햇볕도 쬐지 못하고, 조그만 방에서 조그만 창문을 바라보며 기계에서나 걷다 보니 균형감각을 잃어버린 게 아닐까?

그래서 엄마를 모시고 밖으로 나갔다. 오랜만에 나온 밝은 세상에 엄마는 적응을 못하는 것 같았다.

"얘, 어지럽다. 넘어질 것 같아."

나는 무척 놀랐다.

사고를 당한 것도 아닌데, 고작 6개월 만에 걷는 게 이렇게 어려운 일이 되어버리다니.

사람들 왕래가 적은 한적한 길로 엄마를 모시고 갔다.

"엄마, 앞서서 천천히 가보세요. 제가 뒤에서 따라갈게요."

엄마가 걷기에만 집중하시게 말도 걸지 않았다.

한 발, 또 한 발, 마치 걸음마를 떼는 아기처럼 엄마는 조심스럽게 걸었다. 나는 엄마가 넘어질까 염려가 되어, 온몸의 신경을 곤두세우고 뒤를 따라갔다.

어느새 니는 그 옛날, 아들의 뒤를 따르던 어미의 모습이 되어 있었다.

신기하게도 사람의 몸은, 급속히 퇴화되기도 하지만 정성껏 돌봐주면 서서히 회복되기도 한다.

그날 이후 엄마는 걷는 연습을 하겠다며 지팡이를 짚고 혼자 산책을 나갔다. 그리고 그 일과는 매일 이어졌다.

매일 아침, 엄마가 혼자 나갈 때마다 나는 어린아이를 혼자 내보내는 어미의 마음이 되었다. 연락처를 적어 가방에 넣어드렸고 전화기도 꼭 챙기시게 했다.

다행히 엄마는 열심히 산책을 다니며 균형감각을 되찾았다. 어지럼증도 덜해졌다. 아버지 건강이 조금 호전되어 산책을 나갈 수 있게 되자, 엄마는 아버지와 함께 꾸준히 산책을 나갔고 하루가 다르게 건강을 회복했다.

휠체어에 앉은 아버지를 모시고 엄마와 함께 산책을 나갈 때마다, 나는 둘째를 업고 첫째의 뒤를 따라가던 예전 모습을 떠올리게 된다. 그리고 미래에 대한 기대와 희망으로만 가득했던 당시와는 사뭇 다른 종류의 감정을 느낀다.

엄마였을 때 나의 의무는 아이들이 나의 품을 떠나 독립할 수 있게 키워내는 것이었다.

지금은, 부모님이 나의 품을 떠나는 것은 '죽음'을 의미한다. 나의 돌봄은 슬픈 끝맺음을 예고하고 있다.

그러나 모든 것을 무無로 변하게 만들어버리는 죽음을 배경으로 하니, 삶의 아름다움이 한결 선명해진다. 평범한 일상에 새로운 빛, 새로운 향기, 새로운 의미가 드리워진다.

엄마 아버지와 함께 즐기는 석양, 햇살, 꽃, 나무, 다람쥐, 고양이, 구름, 비… 이 모든 것을 나는 당연히 받아들이지 않는다. 아니, 당연시할 수 없다.

자연은 변함없이 내 곁에 남아 있겠지만, 나와 함께 그것들을 느끼는 부모님은 내 곁에 영원히 계시지 않을 것을 알기 때문이다.

엄마 아버지와 함께하면서, 반복적이고 평범하기만 했던 나의 일상은 오감이 깨어나는 아름다움의 향연이 되었다.

오래전, 아이들의 엄마였던 내가 미처 알지 못했던 아름다움을 느끼며, 나는 슬픔 속에서도 행복해하며 걸어가고 있다.

엄마, 아버지보다 엄마가 먼저예요

아버지 간호가 시작되면서 내내 엄마의 건강이 걱정이었다.

고혈압인 엄마가 쓰러지기라도 하면 어떡하지? 별안간 낯선 땅에 살게 된 상황을 이기지 못하고 우울증에라도 걸린다면?

엄마는 평생 아버지를 보살피는 일에 헌신했다.

아버지가 오랫동안 당뇨를 앓으셨는데도 아무런 합병증이 없고, 시력과 치아를 보존한 것은 엄마의 헌신의 결과이다.

아버지를 위해서만, 아버지의 그림자로 살아온 엄마는 점점 쇠약해지는 아버지를 보면서 자신이 책임을 다하지 못하고 있다는 생각에 심한 중압감을 느끼고 있었다. 몸이 약한 나를 걱정해 내 수고를 덜어주려고 무리하는 상황도 자주 생겨났다. 나는 그런 엄마가 언제 터질지 모르는 시한폭탄처럼 두려웠다.

나는 배우자를 돌보다가 오히려 먼저 세상을 떠나는 사람들의 사례를 들어가면서까지, 엄마에게 "아버지를 돌보다가 우리 건강에 무리가 오는 일이 없게 하자"고 말했다. 그건 누구도 원하는 일이 아니라고, 특히 엄마를 사랑하는 아버지를 가장 슬프게 할 일이라고.

나는 엄마에게 반복해서 말했다.

"엄마, 아침에 일어나실 때 천천히 일어나세요. 아주 천천히. 혈압 오르면 안 되니까."

"엄마, 아버지가 밤에 불러도 웬만하면 일어나지 마세요. 아버지더러 그냥 아침까지 기다리시라고 해요. 엄마 건강이 우선이에요."

특히나 어려웠던 것은 식사 문제였다.

평생 엄마에게는 아버지 식사가 먼저였다. 아버지가 병상에 누우신 뒤에는 더더욱 본인 식사는 뒷전이었다.

그런데 아버지의 식사는 아주 오래 걸린다. 한 시간 가까이 옆에 서서 천천히, 조심스럽게 떠먹여드려야 한다. 엄마와 내가 교대로 하지만, 삼시세끼에다 중간에 음료며 약이며… 그 수발만 해도 기운이 쑥 빠진다.

나는 엄마에게 "우리부터 먹고 아버지 식사 챙겨드립시다"라는 거의 혁명적인 제안을 했다.

"엄마, 우리는 지금 '재난'을 당한 거예요. 이 위기 상황에서 가장 중요한 건, 구조대원인 엄마와 나의 건강이에요. 우리 건강을 먼저 챙기고 나서 아버지를 돌봐야 해요. 아버지 먼저 돌보고 싶은 본능을 누르고 우리가 먼저 식사를 해서 기운을 차린 다음, 여유롭게 아버지 식사를 봐드리는 게 아버지에게 도 더 좋아요."

엄마는 꽤 오랫동안 ~~의 2년 가까이~~ ~~그~~렇게는 할 수 없다 고 버티셨다.

~~그~~~~이의 건강이 무너~~~~~~~~에게 짐이 된다는 사실을 깨닫고 바뀌기 시작했다.

하루에 한 번 운동을 했고 낮잠도 빼놓지 않았다.

"내가 이래도 되니?" 하시며 혼자 시간을 갖는 것에 대해 미안해했지만, 당신이 충전되면 나를 더 많이 도와줄 수 있다 는 것을 깨닫자 낮잠을 주무시려고 노력했다.

그런 의미에서 역사에 길이 남을 날도 생겼다!

엄마와 내가, 시에서 주최하는 쿠킹 클래스에 다녀왔다!

엄마가 좋아하는 일을 한 것이다!

쿠킹 클래스에 다녀온 일은, 아버지만을 위하는 엄마의 단 조로운 일상에 획을 그은 사건이다. 평소에는 아버지와 하는 산책, 아버지와 가는 병원, 그리고 아주 가끔 나와 한국 마켓에 다녀오는 게 엄마 외출의 전부였다.

처음 쿠킹 클래스 얘기를 꺼냈을 때는, 관심 있는 표정을 짓다가도 도리도리, "난 그런 거 안 해도 괜찮다, 어떻게 아버지를 두고 나가니"하며 완강히 거부하셨다. 외출은 무려 석 달에 걸쳐 설득에 설득을 반복한 결과였다.

엄마와 나는 아버지가 간병인과 산책을 나갈 수 있게 도와드린 다음 집을 나섰다.

지난 2년 반의 시간 동안 아버지에게서 하루 세 시간 이상 떨어져본 적이 없는 엄마는 온통 미안해하는 기색이었지만, 둘이 하는 아침 드라이브는 한없이 즐거웠다.

쿠킹 클래스는 재미있었다. 유쾌한 프랑스인 강사는 시어머니 요리법이라며, 와인을 넣고 찌는 소고기 요리와 간단하지만 맛이 기가 막힌 애플파이 만드는 법을 보여주었다. 프랑스어 억양이 두드러진 영어를 듣는 것도 달콤했고, 사진을 찍으랴, 당근을 자르랴, 레시피를 받아 적으랴 바쁜 동료 수강생들과 어울리는 것도 신선한 자극이 되었다.

집으로 돌아오는 길, 나는 "우리가 오늘 같은 화려한 외출을 할 수 있었다는 건 그만큼 아버지가 건강하시다는 뜻인데, 그렇게 건강 관리를 잘해낸 것이 바로 우리예요!"라는 자화자찬으로 엄마를 웃게 만들었다.

언젠가 아버지 건강이 더 악화되면 이런 외출은 상상도 못 할 날이 닥치리라는 이야기도 허심탄회하게 나눴다.

어떤 상황이 닥치더라도 잘해나가자고 서로 다짐했다.

우리를 보고 아버지가 반가워하셨다.

엄마와 내가 둘이서만 외출했다 돌아온 게 무척이나 뿌듯하셨는지, "나는 오늘 빅토리아랑 동네 구석구석 정원을 구경했어요. 참 좋았어"라고 하시더니 "다음에도 내 걱정 말고 나갔다 와요" 하셨다. 엄마의 외출이 온 가족을 행복하게 만든 것 같았다.

엄마가 당신만을 위한 뭔가를 하실 수 있도록, 나는 계속해서 도와드릴 작정이다. 엄마를 위해서도, 나를 위해서도 그것이 옳은 길임을 나는 안다.

이제 한 달에 두어 번 병원을 다녀올 때에도 우리는 삼십 분씩이라도 꼭 차를 마신다. (매번 엄마가 찻값을 내신다!) 이른 점심을 먹으면서 데이트를 즐기기도 한다.

60년간 성실히 아버지를 지키신 엄마, 이제는 '아버지의 산소호흡기' '아버지의 그림자'라는 직위를 반납할 때가 되었다.

이제는 우리 모두의 아버지로 되돌려놓으셔도 좋다.

아버지의 기저귀

친구 켈리의 아버지가 돌아가셨다.

의사셨는데 폐암 판정을 받은 뒤 넉 달 만에 돌아가셨다.

장례를 치르고 돌아온 켈리와 저녁을 먹으며 이야기를 나누던 중, 그녀가 뭔가 생각난 듯이 물었다.

"신주, 넌 네가 아버지의 용변 수발을 해?"

"응."

"근데 그걸 너의 아버지가 받아들이셔?"

"처음에는 힘들었어. 그치만 이젠 괜찮아."

"우리 아버지는 기저귀를 차야 한다는 걸 알게 된 순간 절망했어. 죽는 게 낫다고 생각하셨던 것 같아. 난 차마 할 수가 없어서 남동생이 했는데 동생도 힘들어했어."

"의사셨는데도 그랬구나."

"본인의 상황을 받아들이지 못하셨어. 너의 아버지는 어떻게 받아들이셨니?"

나는 내가 아버지를 설득한 이야기를 들려줬다.

"그랬구나. 일찍 네 얘기를 들었다면 좋았을 텐데."

나는 그녀의 아버지와 가족이 겪은 고통을 충분히 이해했다. 바로 우리가 겪은 일이었기 때문이다.

* * *

아버지가 낙상을 당하고 얼마 지나지 않아, 약국에 처음 기저귀를 사러 갔다.

성인용 기저귀는 종류가 다양했다. 가격도 비쌌다. 나는 첫 아이의 기저귀를 처음 사던 날처럼 얼떨떨했다. 무거운 기저귀 꾸러미를 들고 집으로 돌아오니 엄마가 기겁했다.

"아버지가 기저귀를 하셔야 하니?"

"당장은 아니더라도 곧 필요해질 거예요. 보셨잖아요, 아버지는 이제 혼자 움직일 수 없어요."

"그런데 왜 이리 많이 사 왔니?"

"기저귀는 금방금방 없어져요."

아버지의 몸은 급속히 악화되었다.

당장 그다음 날부터 기저귀를 사용하게 되었다.

그날 밤, 아버지 방에 들어가기 전, 엄마와 나는 문 밖에서 기저귀를 어떻게 채워드려야 할지, 어떻게 해야 새지 않을지, 얼마나 자주 갈아드려야 할지에 대해 논의했다. 아버지 앞에서 차마 그런 이야기를 할 수는 없어서였다.

나는 기저귀를 들고 아버지 앞에 섰다.

허공을 물끄러미 바라보는 아버지.

슬픔과 당혹함, 그리고 그것을 삼키려는 단호함이 서린 냉정한 표정이었다.

보다 못한 엄마가 "넌 나가 있거라, 내가 하마" 하셨다.

그러나 아버지의 몸을 움직여가며 기저귀를 채우기에는 엄마가 너무 약했다.

아버지는 혼자서 엉덩이를 들어 올리지 못했다. 몸을 돌리지도 못했고 발도 들지 못했다. 엄마 혼자선 버거운 일이었다.

나와 엄마는 아버지의 속옷을 벗기고, 급히 아버지의 하체를 수건으로 가린 다음, 아버지의 기저귀를 채웠다. 그러나 무엇을 잘못했는지 기저귀는 몇 시간 만에 새고 말았다.

"이불에 샜네요! 어쩌지, 제가 아버지 몸을 제 쪽으로 잡아끌 테니 엄마가 밑으로 넣어보세요."

우리는 쩔쩔매면서 아버지의 몸을 이리 굴리고 저리 굴리며 기저귀를 갈고 침대 시트를 교체했다. 당황한 우리의 어리숙한 일 처리는 아버지를 더욱 괴롭게 할 뿐이었다.

눈을 감은 아버지의 얼굴이 일그러져 있었다.

그러기를 일주일.

나는 아버지의 냉정한 얼굴이 익숙지 않았다.

대화를 거부하는 듯 눈과 입을 닫은 아버지 때문에 마음이 한없이 불편했다.

갑작스러운 사고, 한국으로 돌아갈 수 없다는 진단, 보험도 없이 수술을 앞둔 상황, 수술을 한다 해도 사망하거나 치매가 될 가능성이 높다는 의사의 말, 그리고 기저귀…

기저귀는 아버지의 삶에 생겨난 비극적 변화의 상징이었다.

내가 아무리 유쾌한 척, 아무렇지 않은 척 즐겁게 떠들며 기저귀를 갈아도 아버지는 아무런 반응을 보이지 않았다.

무서울 정도로 무표정이었다.

아버지의 고통은 침묵으로 표현되고 있었다.

어느 날, 나는 아버지에게 말을 걸었다.

"아버지, 많이 힘드시죠?"

"…"

아버지는 대답 없이 눈을 감고 있었다.

"아버지가 제일 힘드실 거예요. 갑자기 너무 많이 변해서. 그런데 아버지, 우린 그렇게 힘들지 않아요. 걱정하지 마세요."

"…"

아버지는 여전히 눈을 감은 채 꼼짝하지 않았다.

"아, 아버지가 내 진짜 속마음을 아신다면 맘이 편하실 텐데… 그걸 어떻게 전해드리나…"

"…"

"아버지, 잠깐 눈 좀 떠주실래요?"

그러자 아버지가 꺼리는 표정으로 눈을 떴다.

그러나 천장만 올려다볼 뿐, 내 눈은 피했다.

"아버지, 들어주세요. 중요한 이야기예요. 아버지, 제가 아버지 몸을 만지고 기저귀도 갈고 하는 것에 대해 아버지가 불편하신 거 알아요. 전 괜찮은데… 그래서 아버지랑 이야기를 나누고 싶었어요."

"…"

"전 아버지를 돌보는 게 좋아요. 전 의무감으로 아버지를 돌보는 게 아니에요. 아버지가 저를 키워주고 지켜주셨듯이 그냥 이제는 제가 엄마 아버지를 지켜드리고 싶은 것뿐이에요. 전요, 아버지랑 같이 있는 지금 이 순간이 무척 행복해요."

아버지는 여전히 천장을 응시하고 있었다.

나는 아버지의 손을 잡고 몸을 굽혀, 아버지의 눈을 내려다
보며 천천히 말했다.

"아버지, 전 아버지같이 훌륭한 분이 제 아버지여서 기뻐요.
아버지를 돌봐드릴 수 있어서 얼마나 좋은데요. 정말 감사해
요. 그러니 제발, 제가 아버지를 잘 돌봐드릴 수 있게 마음을
열어주세요."

나의 진심이 전해진 것일까, 아버지의 눈빛이 흔들렸다.

나는 다시 아버지와 눈을 맞추며 미소를 지었다.

아버지는 여전히 말이 없었다.

그러나 이번에는 나의 눈을 피하지 않았다.

그러더니 마침내, 눈을 감으며 말했다.

"생큐."

'고맙다'라는 말 대신 아버지가 택하신 한마디의 이국어.

나는 아무 말 없이 아버지의 손을 꼭 잡았다.

아버지가 나를 이해하셨음을 느낄 수 있었다.

그날 이후, 아버지와 나 사이에는 불편함이 없어졌다.

아버지는 변을 볼 것 같다, 본 것 같다 스스럼없이 이야기했

고, 부끄러워하는 대신 고마워했다. 우리는 똥과 오줌을 치우면서도 농담하고 웃을 수 있게 되었다.

참으로 기쁘고 다행한 일이다.

나는 시간을 훔친다

아버지를 돌보는 과정은 아버지 삶의 시간을 연장해보려는 싸움이기도 하지만, 내가 나만의 시간을 쟁취하기 위한 싸움의 과정이기도 하다.

아이를 돌보는 일이 그러하듯 병든 이를 돌보다 보면, 아무리 기다려도 나만의 시간이 생기지 않는다. 절대로 시간이 알아서 날 찾아오지 않는다.

그러니 시간을 훔쳐야 한다.

아버지가 사고를 당하시고 1년쯤 지났을까, 잠시 안정기가 있었다. 간병인을 쓰게 되었고, 아버지 팔이 조금 회복되고 당뇨가 조절되었다. 그래서 짧은 기간이었지만, 나는 아침 일찍 카페에 가 혼자 시간을 보낼 수 있었다.

2016년 11월, 나는 이런 글을 남겼다.

여기는 커피빈! 집에서 차로 오 분 거리의 카페다.

내 앞에는 설탕을 듬뿍 넣은 커피가 있다. 노트북은 충전이 백 퍼센트 되어 있고 나는 세상에 부러운 게 없다. 이제 내 마음도 백 퍼센트 충전이 될 것이다. 그런데 시간이 없다. 곧 집으로 돌아가야 한다. 사십 분 동안 집중해서 글을 쓰며 나만의 시간을 만끽해야 한다. 그러나 사십 분이라는 시간이 나에게 주어지다니, 이 무슨 행복인가! 오늘도 아침에 아버지 식사와 면도를 마친 뒤 여덟 시경 집을 나왔다. 간병인이 와서 엄마를 도와 아버지와 산책을 하는 동안 나는 이렇게 커피를 마시며 책을 읽거나 글을 쓴다. 집에는 할 일이 산더미이고, 이렇게 카페에 나오면서까지 나만의 시간을 갖는 게 마음이 편치만은 않다. 아무래도 내가 있으면 소소한 것까지 챙기면서 엄마 아버지를 편하게 해드릴 수 있기 때문이다.

그래서 지난주에는 카페에 나오는 대신, 오십 분 동안(운전 시간이 절약되니 십 분이 늘었다!) 내 방에서 혼자만의 시간을 가졌다. 그러나 집에서는 온갖 소리가 들리고 마음이 분산되어 나에게 집중할 수 없었다. 밖으로 나오면 뭘 하든 집중력이 높아진다. 충전이 빨리 된다. 그래서 카페에 나오는 것이다.

내가 나의 시간을 잠시라도 갖지 않으면 장기적으로는 우리 모두에게 해로운 일이다. 내 마음이 편해야 부모님도 편하게 모실 수 있다. 그래서 나는 나부터 챙기려고 노력한다. 죄의식을 느끼지 않으려고 한다.

오늘같이 이렇게 햇빛이 찬란한 날, 커피향이 감도는 카페 한구석에서 달달한 커피를 마시며 글을 쓰고 있으면 모든 시름이 사라진다. 너무 기뻐서 내 옆에 앉은 이름 모르는 이웃들까지 안아주고 싶은 심정이 된다.

아, 시간이 되었다. 이제 가야 한다. 백 퍼센트 충전 완료!

그 후 얼마 안 있어, 밖에 나가 나만의 시간을 갖는 게 어려워졌다. 엄마의 어깨와 팔에 이상 신호가 온 것이다. 간병인이 와도 내가 없으면 엄마가 손을 한 번이라도 더 쓰게 되니 위험했다. 몇 달 후 엄마의 어깨는 호전되었다. 그런데 이번에는 아버지가 쇠약해졌다.

일주일 내내 아침부터 자정까지 정신없이 바쁜 삶이 이어졌다. 일주일에 한 번 장 보기, 은행 일 보기, 엄마 아버지 모시고 병원 가기, 약국 가기, 음식 준비, 아버지와 글 읽기. 이것만 해도 나의 모든 시간이 사라져버렸다.

친구 만나는 일도 거의 불가능해졌다. 친구들을 만나면 너무 반가웠지만, 돌아오고 나면 피곤해져서 아버지를 제대로 돌봐드릴 수 없었다. 내가 피곤하면 심장이 안 좋은 엄마가 무리를 해야 했다.

어쩌다 친지들이라도 오면, 마치 해외여행이라도 가듯 며칠 전부터 면밀한 계획을 세워야 한다. 자주 쉬어서 에너지를 비축해놓아야 하고, 간병인의 도움을 더 많이 받아야 한다.

방문객들마다 하는 얘기가 있다.

"병간호 때문에 지치고 우울할 줄 알았는데 그게 아니네?"

"부모님이 참 편안해 보이시네?"

하지만 얼핏 자연스러워 보이는 그런 모습들은 사실 무척이나 꼼꼼히 계획을 세우고 실천한 결과다.

어느 날 밤, 여느 때와 마찬가지로 아버지 잠자리를 봐드리고 시계를 보니 밤 11시였다.

하루 종일 아버지 방과 부엌과 거실을 오가느라, 집 밖으로 나오지 못한 날이었다. 마음이 갑갑해서 밖으로 뛰어나갔다. '나만의 시간이 필요해. 오늘은 작정하고 좀 울어보자.'

밤 산책을 즐기는 남편이 밖에 있었다. 혹여 우는 모습을 보여주고 싶지 않아서, 남편 산책 코스와 반대편을 택해 걸었다. 나는 마음 놓고 눈물을 흘리며 걸었다.

얼마쯤 지났을까. 어둠 속에 익숙한 실루엣이 보이는 게 아닌가. 남편이었다. 나는 놀라서 멈춰 섰다. 그는 어둠 속에 우뚝 멈춘 나의 모습을 보았지만, 그것이 나인지는 모르고 나를 향해 걸어오고 있었다.

문득, 나의 모습을 보게 되었다.

추운 밤, 산발을 한 나는 얇은 셔츠와 치마 차림이었다. 창이 다 떨어진 실내화를 신고 있었고, 내 손에 들린 것은 핸드폰이 아닌 돋보기안경. 그리고 얼굴은 눈물범벅이었다.

나는 처량하고 슬퍼졌다.

남편에게 그런 모습을 보여주기 싫었다.

나는 무슨 수를 써서라도 시간을 훔치겠노라고 다짐했다.

자투리 시간을 활용해 노트북에 그림을 그리고 있다.

아버지가 물리 치료를 받는 동안 아버지 방 앞 의자에 앉아 휴대폰에 그림을 그리면서 시작된 일종의 '여가 선용'인데, 이제는 짬이 생기면 무조건 그리고 있다.

고구마 삶는 동안, 수프가 끓을 때까지, 부엌 의자에 걸터앉아 그림을 그리니 십 분, 십오 분의 시간을 내 것으로 훔칠 수 있다. 시간이 나서 그리는 게 아니라 '시간을 내서' 그림을 그 린다는 사실은 내게 큰 만족감을 주었다. 휴대폰 화면에 그림 을 그리니 눈이 나빠지겠다며 남편이 노트북을 사다 주어 그 림 그리는 게 훨씬 더 즐거워졌다.

남편과 한 달에 한 번 정도는 정기적으로 음악회에 간다.

저녁에 네 시간 비우기란 쉽지 않고 외출하려면 이것저것 준 비할 것도 많아서 음악회에 가는 일이 숙제처럼 느껴질 때도 있지만, 나뿐 아니라 남편을 위한 일이기도 해서 포기할 수는 없다.

그러나 부끄럽게도 나는 모차르트와 바흐의 음악에 맞춰 헤 드뱅잉을 하기 일쑤, 언젠가부터 아예 푹 자자 마음먹고 목 베 개를 챙겨 간다. 음악 덕인지 휴식 덕인지, 집으로 돌아올 때 는 새로운 기운이 충전되어 있다.

시간이란 게 참 요상해서, 서두르면 나를 지나쳐버린다.

반대로 온전히 의식하면 시간을 잡을 수 있다. 시간을 의식 하는 것만으로도 내가 나의 시간을 훔칠 수 있다는 자각은 나의 일상을 풍부하게 해준다.

아침에 창문을 열 때, 잠시 밖에 나가 오 분이라도 천천히 숨을 들이마시며 나의 호흡을 의식하면, 그 시간은 온전히 나의 것이 된다. 차를 마실 때도, 신문을 읽을 때도 그것을 할 수 있는 것이 축복임을 기억한다.

나는 끊임없이 나에게 상기시킨다.

나를 잃어가며 남을 돌보는 것은 자신에게도 남에게도 어리석은 짓이라고.

내가 나의 시간을 가져야 나도 즐겁고 아버지도 행복하다고.

나는 앞으로도 끊임없이 나의 시간을 훔칠 것이다.

내 몸이 아무리 바쁘더라도 나만의 시간을 끊임없이 바랄 것이다.

돈, 현실적인 문제

아버지를 돌보기 시작한 뒤, 어떤 친구가 "어렵게 사는 줄 알았는데 부모님 모시는 걸 보고 놀랐다"고 했다. 남편이 돈을 많이 버는 말도 들었다.

우리 집 상황에 대해 말하자면, 의료와 간병비로 많은 돈이 지출되고 있는데 대부분은 부모님이 부담하신다. 나와 남편은 생활비와 약간의 간병 비용을 보조해드리고 있다.

돌봄 비용은 환자의 육체적·정신적 상태에 따라 천차만별로 달라진다.

아버지에게 드는 간병 비용은 두 분의 의료보험료를 포함해, 월 700만 원에 육박한다. (한국에서 부모님의 생활비는 한 달에 100만 원 미만이었다.) 약값을 비롯해 각종 의료용품과 생활용품 비용은 포함하지 않은 액수이다.

정부 보조는 전혀 없다. 저소득층이면 혜택을 받을 수 있지만 부모님은 한국에서 가지고 온 재산이 있어서 지원을 받을 수 없다. 고령의 미국 이민자들은 만만치 않은 의료비를 절약하려는 요량으로 자국에서 재산을 가져올 때 지인들의 통장에 나눠 예치하는 방식으로 의료 혜택을 받는다는 애기를 들었지만, 우리는 그 방법을 택하지 않았다.

그나마 엄마와 내가 많은 일을 감당하며 파트타임으로만 간병인을 두기 때문에 입주 간병인을 두는 것에 비하면 훨씬 비용이 덜하다.

입주 간병인을 두고 있는 옆집 할머니의 경우, 월 1700만 원이 넘는 비용을 지출하고 있다. 나의 친구 줄리엣은 최근까지 집에서 모시던 시어머니의 치매가 악화되어 동네 요양원에 모시기로 했는데, 싱글 룸에 한 달에 1000만 원이 넘는 돈을 지불하고 있다.

부모님이 모든 비용을 책임지게 하지 않는 이유는 부모님 마음을 걱정해서다. 낙상, 이민, 병간호만 해도 힘든 상황인데 거기에 돈 문제까지 겹쳐져 힘들어하는 모습을 차마 볼 수 없기 때문이다.

미국에서는 한 달 의료보험 비용만 해도 한국에서의 생활비의 두 배이다. 간병비까지 더해져 예전 생활비의 일곱 배가 넘는 돈을 지출해야 하는 현실은 평생 절약하며 살아온 부모님에겐 적응하기 힘든 상황이다.

엄마가 은행에서 돈을 찾아오면 곧바로 뭉텅뭉텅 없어진다. 나는 어느 날 엄마에게 물었다.

"엄마, 돈이 많이 들어서 좀 당황스럽지 않으세요?"

엄마가 담담하게 말했다.

"그렇지… 하지만 괜찮아. 아버지가 평생 열심히 버신 돈, 아버지에게 쓰는 건데 뭐."

그리고 엄마는 잠시 뭔가를 생각하시더니 말을 이었다.

"이렇게 쓰려고 평생 그렇게 절약했나 보다."

* * *

오래전부터 부모님은 종종 우리 삼남매에게 말씀하셨다.

"우리는 너희랑 같이 살지 않을 거다. 우리는 우리가 알아서 살 거야."

한 번도 '너희들이 우리를 부양해야 한다'거나 '용돈을 줘야 한다'는 식의 말씀을 하지 않았다.

부모님은 비가 오나 눈이 오나, 몸이 아무리 힘들어도 하루도 빠짐없이 등산을 다녔다. 정기적으로 치과, 안과, 내과를 다니시며 성실하게 건강을 관리했다. 그래야 큰일을 막아 자식들 걱정을 안 시킨다고, 잘하고 있는 거라고 두 분이 자화자찬하며 행복해하셨다.

오빠가 돌아가신 뒤 한국에 두 분만 남으셨을 때도 두 분은 변함없이 완고했다. 한 분이 돌아가셔도 미국에는 절대 안 오겠다고 하셨다.

"우리는 한국에서 살고 한국에서 죽겠다"라고 말하는 부모님의 냉정한 표정에서 나는 자식에게 절대 짐이 되지 않으려는 마음을 읽을 수 있었다.

미국에 오셨다가 아버지가 사고를 당한 직후, 아버지가 거동을 못하게 된 상태에서도 부모님은 한국으로 돌아가겠다고 고집하셨다. 한국에 갈 수 없다는 진단을 받은 뒤, 자식에게 짐이 되었다는 사실에 절망해 아버지는 우울증에 걸렸다.

그나마 부모님이 현재의 삶을 이어나갈 수 있는 이유는 본인들의 의료비를 부담할 수 있기 때문이라고 나는 생각한다.

"이렇게 쓰려고 그렇게 절약했나 보다"라는 말은 그래서 의미심장하다.

이것은 평생에 걸쳐 이룬 부모님 노후 준비의 성공을 의미하기 때문이다.

근 60년간 하루도 빠짐없이 가계부를 쓰며 절약해온 덕에, 딸네 집에 살면서도 떳떳할 수 있는 것이다.

부양을 당연시하며 요구하기는커녕 경제적으로 본인들의 책임을 다하려고 노력하고 매사에 감사하는 부모는 자식에게 결코 짐이 될 수 없다. 오히려 축복이다.

병원이나 마켓에 모시고 갈 때면 "이렇게 편하게 해주다니 고맙다"고 하신다. "네 시간을 뺏어서 미안하다"고 하신다. 약을 챙겨드려도, 물 한 잔을 드려도 고마워하신다.

별것 아닌 일에도 나에게 쏟아지는 사랑과 감사의 미소에, 나는 내가 아주 좋은 사람이 된 것 같은 기분을 느낀다.

돌봄이 강요되었다면 어땠을까?

'우리가 이만큼 했으니 너희도 이만큼 해야 한다'는 식의 얘기를 들었다면?

나의 삶은 고역이 되었을 것이다.

부모님의 독립심 덕분에, 감사하는 태도 덕분에 나는 매일 베푸는 기쁨을 누리고 있다.

몸은 힘들지언정, 마음은 평안하다.

세상의 모든 요양보호사에게 감사

친구 하나가 요양병원에 들어가 있다.

소뇌위축증을 앓고 있는데 아마 그곳에서 세상을 떠날 것이다. 그녀는 내내 침대에 누워 있다. 요양보호사의 도움을 받아 화장실에 다녀오는 시간이 침대를 벗어나는 유일한 순간이다.

아버지를 돌보느라 자주는 못 가지만, 아주 가끔 친구의 병문안을 간다. 갈 때마다 나는 요양보호사에게 줄 선물을 챙긴다. 내 친구를 돌봐주는 세 명, 그리고 같은 층에서 근무하는 다른 스물일곱 명의 선물을 준비한다.

대부분 그러하겠지만 나 역시 요양보호사라는 직업에 대해 관심이 없었다. 그러나 아버지를 돌보게 되면서 나는 요양보호사나 간병인이 얼마나 중요한 사람들인지, 그들의 노동이 얼마나 고된지를 알게 되었다.

물론 태만한 사람도 있게 마련이다. 내게도 그런 경험이 있어서, 면접이며 관리에 세심한 신경을 쓰는 것 또한 사실이다. 하지만 그렇다고 해서 그들의 존재가 하찮아지는 것은 아니다. 그들의 노동의 가치가 없어지는 것도 아니다.

요양보호사들의 노동은 강도가 세다.

두 시간 가까이 걸리는 아버지의 목욕만 봐도 그렇다.

아버지를 목욕시켜드리려면 준비하는 데 이십 분, 정리하는 데 이십 분, 목욕 자체에 사십 분, 그리고 목욕 후 돌봐드리는 데 이십 분이 걸린다. 나와 요양보호사는 분주히 움직인다.

우선 마룻바닥에 요가 매트 두 개를 깔고 방수 패드를 여러 개 깐 다음, 의자를 가운데 놓는다. 양동이 여러 개를 욕실과 부엌에서 떠온 따뜻한 물로 채우고, 아버지를 부축해 의자로 옮긴다. 목욕 비누를 따뜻한 물에 풀어 아버지 몸을 마사지하듯이 닦고 두피 마사지를 하며 머리에 거품을 낸 뒤, 따뜻한 물을 퍼 아버지 몸에 뿌린다. 깨끗이 씻은 부위는 즉시 수건으로 감싸 체온을 보호하고, 한 사람이 몸과 발을 씻는 동안에 또 한 사람은 몸에 로션을 바른다. 먼저 끝낸 사람은 재빨리 베갯잇을 갈고 침대 시트를 정리한다. 로션을 바르고 웃옷을 입혀드리고 나면 아버지를 일으켜 세워, 한 사람이 서 있는 아버지를 품에 안고 부축하는 동안 다른 한 사람이 아버지의 기저귀를 채운다.

아버지가 누운 뒤에는 목욕하는 동안 식어버린 무릎과 팔꿈치, 어깨 부위에 따뜻하게 데운 아마씨 쿠션을 놓아 체온을 유지하게 한다. 요양보호사가 양동이며 패드를 정리하는 동안, 나는 아버지의 다리와 발에 로션을 바르면서 발바닥 마사지를 해드리고 발가락 사이사이에 습기가 차지 않게끔 파우더를 바른다. 일주일에 한 번은 아버지의 발톱을 정리한다. 일이 끝나고 나면 나와 요양보호사는 온몸이 땀으로 젖어 있다.

놀랍게도 진이 빠지는 이런 일이, 그들이 요양병원에서 하는 일에 비하면 쉬운 일이라고 했다. 우리 집 일이 끝난 뒤에도 그들은 일터에 복귀해 밤 근무를 했다.

요양보호사들이나 간병인들과 대화를 나누면서 나는 그들의 생활을 보다 깊이 알게 되었다.

일단 급여 문제.

하는 일에 비해 급여가 터무니없이 낮다.

대부분 최저임금 수준이고, 힘들고 위험한 노동 수준에 비춰 본다면 턱도 없는 액수이다. 일할 수 있는 시간이 제한되어 있어 주 수입원도 되지 못하기 때문에 아르바이트를 하지 않을 수 없다. 시급을 더 받을 수 있지만, 대부분 언제 돌아가실지 모르는 노인들을 돌보는 일이라 안정적인 일자리가 아니다. 욕설이나 폭력, 심지어 성추행에도 노출되어 있다고 한다. 요양보호사는 사회적 인정을 받지 못하는 직종 중의 하나이다.

그러나 아이러니하게도, 힘들기 때문에 사람들이 기피하는 그 일들은 누군가 하지 않으면 개인은 물론이고 사회에 불행을 안기는 일들이다.

나는 이들을 고용하게 되면서, 나름대로 원칙을 정했다.

우선 일하는 시간(주말/주중, 일하는 시간대)과 업무의 종류(산책, 목욕, 용변 수발)에 따라 시간당 시급을 책정한다. 시간과 돈 계산을 꼼꼼하고 정확하게 하고, 봉투에 꼭 고맙다는 말을 쓴다.

내가 요구하는 것을 그들이 지켜주길 원하는 만큼, 그들에게 초과 근무 같은 것을 절대 강요하지 않는다. 근무 시간이 지나면, 채 일이 끝나지 않았어도 등을 떠민다. 그들이 시간을 엄수하길 바란다면, 나부터 그들의 시간을 존중해야 한다.

그들이 건강을 등한시하지 않도록 살피는 것도 나의 일이다.

예를 들어 힘쓰는 일을 할 때 허리벨트를 차지 않았으면 즉시 일을 중지시킨다. 혹시라도 허리를 다칠 수 있기 때문이다. 피곤해 보인다 싶으면 간단하게 식사를 챙겨주기도 하고 일정을 조정해 쉴 수 있게 한다.

내 주위에는 나와 같은 상황에 처한 사람이 없다. 맨땅에 헤딩하듯 모든 일을 헤쳐나가고 있는데, 조언을 구할 동료가 있다는 건 큰 힘이 된다. 고맙게도 그들은 자기들이 모르는 것은 경험 많은 이들에게 물어가며 나를 도와주곤 한다.

우리는 일을 나누지 않고 보이는 대로 같이 하는데, 딱 하나 내가 더 많이 하는 일이 있다.

아버지 용변 수발만큼은 무조건 내가 한다.

그들에게 보여주기 위해서도 아니고, 그들을 믿지 못해서도 아니고, 그저 내가 하고 싶어서 그러는 것인데 간병인들에게는 큰 인상을 남긴 모양이었다.

좀 친해진 후에 나더러 "당신이 항상 먼저 무릎을 꿇고 변을 닦는 걸 보면서 놀랐다" "우리 일을 존중해주는 것 같았다"라고 했다. 어떤 이는 무릎을 보호하라며 바닥에 까는 패드를 사다주었다.

생의 끝자락에 놓인 사람들의 몸을 돌보는 일이란 참으로 귀한 일이다. 누군가는 반드시 해야 할 궂은일을 해주는 이들의 노동은 인정받아 마땅하다.

사명감 같은 것이 없어도, 천사 같은 미소가 없어도, 묵묵히 맡은 바 일을 해내는 것만으로도 나는 그들을 존중한다.

내가 친구의 병문안을 갈 때 요양보호사들의 선물을 챙기는 이유도 그래서이다.

내 선물을 받는 서른 명 중에는 성격이 고약한 이도, 불성실한 이도, 불친절한 이도 있을 수 있다. 그러나 중요한 것은 그것이 아니다. 그날 그 자리에, 돌봄이 필요한 사람들에게 그들이 있어준다는 사실만으로도 그들은 인정받을 자격이 있다.

그리고 내 선물 덕분에 아주 잠깐이라도 그들의 기분이 좋아진다면, 수혜자는 환자들일 테니까.

아픈 사람들에겐 다정한 돌봄이 필요하다.

단 하루일지라도.

셀레나의 시 낭송

얼마 전에 빅토리아가 물었다.

"혹시 셀레나가 다른 곳으로 옮길지도 모른다는 거 알고 있어요?"

무슨 소린가 했더니, 옆 동네 부자 할머니를 하루 종일 돌보고 있는 셀레나의 친구가 자기와 같이 일하자고 제안했다는 것이다. 시급도 많이 받을 수 있다면서.

셀레나는 나를 도와 2년째 아버지를 돌보는 간병인이다.

셀레나를 만난 것은 행운이었다.

오랜 경력의 베테랑답게 셀레나는 모든 일을 안전하고 깔끔하게 해냈다. 그녀는 말을 해야 할 때와 조용히 있어야 할 때의 분별을 잘했다. 시간 약속도 정확했고, 아무리 바쁘고 힘들어도 일을 건너뛴 적이 없었다. 요양원 일 때문에 꼬박 밤을 새웠어도, 나와 약속한 토요일 아침 8시가 되면 어김없이 우리 집으로 왔다. 깨끗하고 단정한 차림으로.

아버지도 셀레나의 태도와 솜씨를 알아보셨고, 엄마 역시 간병인 중에서 셀레나를 제일 좋아하셨다. 언제부턴가 셀레나는 엄마 아버지를 '어무니' '아부지'라고 불렀다. 엄마가 좋아하실 것 같다면서 머리핀이나 머리 장식품을 사 오는가 하면, 집에서 만든 멕시코 음식을 가져오기도 했다. 그러면서도 일할 때는 전화기까지 꺼놓는 사람이었다.

그녀는 누구나 탐낼 만한 일꾼이었다. 그런데 스카웃 제의를 받은 것이다. 나는 당연히 걱정이 됐다.

'셀레나는 떠나겠구나, 당장 어떻게 다른 사람을 구한담?'

얼마 지나서 셀레나에게 물었다.

"친구가 같이 일하자고 했다면서요?"

"아, 그 얘기 들었어요? 안 한다고 했어요."

"정말요? 아주 좋은 조건이었다던데?"

"이미 당신에게서 정당한 급료를 받고 있는데요, 뭐. 그리고 돈을 많이 주면 뭐 해요, 내가 즐거워야지. 난 아부지한테 올 때 기뻐요. 당신 가족 모두가 나를 존중해주고, 내가 하는 일을 감사해하니까. 그런 건 돈으로 살 수 없어요."

얼마 뒤, 아버지 몸이 많이 안 좋아져서 저녁에도 도움이 필요하게 되었다.

새로운 사람을 구하려면 시간이 걸렸고, 광고를 내고 면접을 보고, 고용을 한 뒤에도 서로 적응해야 하는 과정이 남아 있었다. 이미 바쁜 나에게는 힘든 숙제나 마찬가지였다.

그런데 셀레나가 제안을 했다.

"내가, 밤에 원하는 시간만큼 와줄 수 있어요."

"요양원에서 풀타임으로 일하고, 주말에 우리 집에서 일하는데 밤에 올 수 있다고요?"

"3시 반 퇴근이니까 집에 가서 잠깐 쉬었다 오면 문제없어요. 당신 집에서 일하는 건 힘들지 않아요. 마음이 기쁘면 힘들지 않아요."

그녀의 크고 맑은 눈망울에서 진심을 느낄 수 있었다.

일주일에 세 차례, 그녀는 밤 8시를 정확히 지켜 나타났다.

변함없이 밝은 미소를 띤 채로.

아버지와 내가 하는 '밤의 의식'에는 소중한 시간이 들어 있다. 간식을 드시거나 차를 마실 때 같이 시를 읽고 이야기를 나누는 일이다. 유튜브로 시를 틀어놓고 같이 듣기도 하고 내가 시집을 읽어드리기도 한다.

그 시간은 아버지에게 무척 중요한 시간이다.

육체가 살기 위해 해야 하는 잡다한 일들을 멈추고, 잠시라도 아버지가 좋아하는 생각을 할 수 있는 시간이기 때문이다.

어느 날, 유튜브로 아버지와 시를 듣고 있는데 평소에는 묵묵히 자기 일을 하던 셀레나가 불쑥 끼어들었다.

"지금 시를 읽으시는 거지요? 저도 시를 좋아해요."

무척 놀랐고, 한편 반가웠다.

"셀레나, 시를 좋아하는군요!"

"네. 예전부터요. 고등학교 때도 문학 시간이 제일 좋았어요. 선생님이 시 읽기는 주로 저에게 시키곤 했었어요. 저는 책 읽는 것도 좋아해요. 그냥 뭐든 읽는 게 좋아요. 시는 특히 좋아요. 시를 읽으면서 힘을 얻곤 해요. 제가 좋아하는 시 들려드릴까요?"

"좋아요!"

"그런데 스페인어라서… 괜찮아요?"

"그럼요!"

나는 신나서 소리를 지르며, 셀레나가 말한 시를 찾아 텔레비전 모니터에 큼직하게 띄웠다.

셀레나가 아버지의 등에 자신의 손을 얹고, 맑은 목소리로 시를 읽기 시작했다.

아름다운 스페인어 시가 아버지 방에 울려 퍼졌다. 눈코입이 시원시원한 셀레나에게 잘 어울리는 열정적인 시였다.

뜻을 몰랐지만, 첫 구절부터 운율이 느껴졌다.

목소리가 점점 커지고 읽는 속도가 빨라지면서, 그녀가 느끼는 감동의 소용돌이가 우리에게도 그대로 전해졌다. 아버지는 경이로운 듯한 표정을 짓고 있었다. 가사를 알지 못해도 감동을 주는 오페라 아리아처럼 그녀의 열정적인 시 낭송은 우리에게 감동을 안겼다.

셀레나의 눈에서 어느새 눈물이 흘러내렸다.

셀레나가 시 낭송을 마치자 나는 달려들어 그녀를 껴안았다.

"고마워요! 너무 좋았어요. 당신의 시를 들을 수 있어서 얼마나 행복했는지 몰라요."

셀레나는 눈물범벅이 된 얼굴로 환하게 미소 지으며 나를 껴안았다.

"고마워요. 제가 제일 좋아하는 시예요."

"어떤 내용이에요?"

"제목은 〈버려진 사람들〉. 아이 하나를 데리고 사랑 없는 세상을 살아가는 엄마의 이야기예요. 슬픈 내용인데도 읽으면 힘이 나요. 그래서 자주 읽어요. 나는 아부지랑 당신이 왜 시를 열심히 읽는지, 그 마음을 이해해요."

나는 아무 말 없이 셀레나를 더 세게 껴안았다.

나는 그제야 비로소, 돈을 더 주겠다는 자리를 그녀가 왜 마다했는지, 왜 일을 할 때 언제나 흐뭇한 표정을 짓고 있었는지 알게 되었다.

시를 좋아하는 그녀는, 급박하게 돌아가는 상황 속에서도 우리가 매일매일 시를 읽는 이유를 이해하고 있었다. 그녀 역시, 시에서 위로를 구하고 힘을 얻고 있었던 것이다.

우리는 언어, 문화, 인종 그리고 고용인과 고용주라는 관계를 넘어, 지금 이곳에서 험한 삶을 굳세게 이어가는 '동지'였다.

큰 인연

아버지가 병상에 누운 지 며칠 안 되어 나는 다른 사람 도움이 없이는 아버지를 돌볼 수 없다는 사실을 깨달았다.

당장 어떻게 사람을 구해야 할지 고민하고 있는데, 빅토리아가 떠올랐다. 빅토리아는 멕시코 출신의 미국 시민자로, 오래전 아이들이 다니던 유치원에서 청소와 요리를 해주던 이였다. 뜸하게 지내다가 이런 일로 연락하는 것이 마음에 걸렸지만, 전화를 걸었다.

"빅토리아, 요새 바빠요? 도움이 필요한데… 물론 비용은 지불할 거고요."

빅토리아가 단박에 자기가 오겠다고 대답했다.

몇 시간 있어 빅토리아가 왔다.

그녀는 아버지에게 공손히 인사한 뒤, 나를 도와 아버지 목욕을 시켰다.

끝난 뒤에는 내가 얘기하지도 않았는데 조용히 아버지 방을 정리하고 바닥을 닦았다. 그날 이후 그녀는 아버지가 돌아가시는 날까지 우리 곁을 지켰다.

단언컨대, 아버지가 침대에 누워 지내면서도 3년 동안 건강

할 수 있었던 것은 아버지를 자신의 친아버지처럼 돌본 빅토리아의 힘이 크다.

그녀는 내가 언제든 어떤 도움이든 청할 수 있는, 나의 든든한 조력자였다.

처음에는, 빅토리아가 조금이라도 더 오랜 시간 우리 집에 머물면서 일을 하려는 모습을 보면서 형편이 안 좋은가, 아니면 어려서 아버지를 잃은 탓에 나의 아버지에게서 부성애를 찾는 건가 하는 생각도 했다.

그래서 그녀가 "일주일에 하루는 남편과 데이트를 나가세요. 그날은 저 혼자 아부지를 돌볼게요. 데이트 나가는 날은 돈 안 받을게요. 선물이라고 생각해줘요"라는 말을 했을 때도 당황스럽기만 했다. 나는 그런 제안을 받아들일 수 없었다.

"빅토리아, 우리는 일로 맺어진 사이예요. 절대 공짜로 일해주면 안 돼요. 그렇지만 마음만은 정말 너무 고마워요."

1년쯤 지났을까, 나는 빅토리아가 우리 집에서 그렇게 열심히 일하는 이유를 비로소 알게 되었다.

아버지 목욕을 끝내고 같이 정리를 하는데 빅토리아가 싱긋 웃으며 말했다. 친구들이 "왜 너는 육십 대 중반이 다 되어서 그렇게 힘든 일을 하느냐" "왜 그 한국인 할아버지에게 정성을 쏟느냐" 묻는다는 것이었다.

나도 궁금했던 일이기에, 정말 왜냐고 물어보았다.

빅토리아는 내 얼굴을 쳐다보지 않은 채 대답했다.

"친구들한테 말했어요. 예전에 그 할아버지 딸이 내 목숨을 구해줬다고, 이제 내가 그녀를 도울 차례라고."

형편 때문이 아니었구나! 아버지가 그리워서도 아니었구나! 나를 도와주려고 그랬구나!

빅토리아가 그런 생각을 하는 줄은 상상도 하지 못했다.

나는 내 아이들이 다니던 유치원에서 빅토리아를 처음 만났다.

밝고 유쾌해서 모두가 그녀를 좋아했다.

어느 날, 아이들을 바래다주고 가다가 주방을 지나치는데 빅토리아가 조리대 앞에 넋 나간 표정을 하고 서 있었다. 심상치 않게 보여 무슨 일이냐고 물었더니 그녀가 짧게 대답했다.

"암이래요."

주말에 하혈이 심해서 응급실에 갔는데, 생각지도 못한 암 얘기를 하더라는 것이었다. 정밀 검사를 해봐야 하는데, 보험이 없어서 극빈자 보험을 신청해놓은 상태라고 했다.

그러나 빅토리아는 그 후로도 아무 내색 없이 유치원 일을 해나갔다. 나 역시 함부로 묻지 못하고 눈치만 살피고 있었다.

그러다가 어느 날 빅토리아에게 상황을 물었다. 놀랍게도 아무런 진전이 없는 상태라는 답변이 돌아왔다. 아니, 더 안 좋은 상태였다. 보험 신청서가 분실되었다는 소식을 들었으며 담당자 전화만 기다리고 있다는 것이었다.

"그렇게 기다리기만 하면 안 돼요! 어서 전화해서 서류 처리를 요구해요!"

"내가 할 수 있는 일이 뭐가 있겠어요."

"아니, 할 수 있는 일이 많지요! 어서 서류 접수를 하고 의사를 만나고 수술을 받아야지요!"

다그치면서도 이해가 안 가는 것은 아니었다.

그녀는 아침부터 밤까지 눈코 뜰 새 없이 일을 하는 상태였다. 당장 그녀에게 필요한 것은 '암과 싸우겠다는 용기와 의지'

가 아니라 '전화를 걸 시간'인지도 몰랐다.

나는 한 번만이라도 도와주자 마음먹고 빅토리아가 일을 하는 동안 전화기를 들었다.

자동응답기에 메시지를 남겼지만 응답은 오지 않았다. 나는 누군가 받아주기를 바라면서 쉼 없이 전화번호를 눌렀다. 그런데 순간, 연결이 됐다! 나는 당장 빅토리아에게 전화기를 넘겼다.

그러나 빅토리아의 목소리는 떨렸고, 서류 분실에 대해 따지지 못했고, 상대는 발뺌을 하고 있었다. 나는 빅토리아에게 전화기를 받아 들고 내 신원을 밝힌 다음, 설명을 요구했다. 담당자는 서류가 분실된 상황이니 어쩔 수 없다고, 너무 많다 보니 종종 생기는 일이라고 했다. 그러곤 경악스러운 말을 했다. "서류 분실은 우리 책임이 아닙니다."

암 진단을 받은 환자를 두고 이렇게 무심한 말을 내뱉을 수 있다니!

"분명히 신청서를 제출했는데 당신들이 모른다고 하면 우린 뭘 어떻게 해야 합니까?"라고 따지자 "보호자도 아닌 당신에게 설명할 이유가 없습니다"라고 대꾸하더니 "위급한 상황도 아닌데 왜 그러느냐"고 도리어 짜증을 냈다. 나는 폭발하고 말았다.

"지금 농담한 거지요? 암 환자를 두고 어떻게 그런 소리를 합니까? 한시라도 빨리 수술을 받아야 할지도 모르는데 어떻게 그렇게 무신경하게 말할 수 있어요? 환자들을 도와주는 게 당신들의 의무 아닙니까?"

나의 격앙된 어조에 당황했는지, 담당자가 서류를 다시 찾아보겠노라고 대답했다.

다행이다 싶었지만, 나는 속마음을 감추고 차가운 목소리로 '알겠다, 가능한 한 빨리 해결해달라, 당신 이름이 뭐냐, 당신이 보내는 서류 접수를 담당할 직원의 이름이 뭐냐, 지금 우리의 대화 내용과 통화 시각을 기록해두겠다'고 덧붙이는 것을 잊지 않았다.

빅토리아는 아이들 점심을 준비하느라 동분서주하면서 통화 내용을 듣고 있었다. 내 격앙된 어조에 많이 놀란 듯했다. 그녀가 말없이 다가와 나를 안으며 고맙다고 했다.

나는 그 통화를 하고 나서 다시금 깨달았다. 당장 밥벌이를 해야 하는 빅토리아가 혼자 암과 싸울 수 없다는 것을.

나는 그녀를 도와주겠다고 결심했다.

"빅토리아, 내가 도와줄게요. 수술받을 수 있을 때까지 같이 싸워요."

이후 빅토리아가 의사를 만나게 되기까지 걸린 시간은 두 달이었다.

다시 전문의를 만나 마침내 수술을 받게 되기까지 총 넉 달의 시간이 소요됐다.

빅토리아의 수술은 성공적이었다.

* * *

내가 빅토리아 일로 동분서주하던 때, 한국에 계신 부모님이 방문하셨다.

부모님은 빅토리아를 만난 적은 없고 얘기로만 들어 알고 있었다. 엄마는 도착하자마자 내게 말했다.

"우리 신경 쓰지 말거라. 이번에 미국에 온 건 네가 빅토리아 일을 집중해서 돌보라고 온 거니까."

엄마는 당신이 간접적으로라도 빅토리아를 도울 수 있다는
게 축복이라면서, 식사와 청소는 물론 아이들까지 돌봐주셨
다. 부모님의 이해와 도움 덕에 나는 빅토리아의 일을 쫓아다
닐 수 있었다.

수술 후 빅토리아는 유치원 일을 그만두어야 했다. 자궁을
떼어낸 후라, 무거운 것을 들면 안 되었기 때문이다. 나의 친
구들이 얼마간 돈을 보태주었다. 빅토리아에게는 큰 응원이
되었다.

몇 달 후, 출산을 한 나의 친구가 유모를 구할 때 나는 서슴
없이 빅토리아를 추천했다. 자궁 때문에 눈물 흘렸던 빅토리
아는, 사랑스러운 아기를 품에 안고 돌보는 축복을 누리게 되
었다.

그로부터 10년의 세월이 지나 내가 빅토리아에게 도움을 청
했을 때, (나중에 알게 된 사실이지만) 빅토리아는 그 1년 전
어머니를 잃고 깊은 슬픔에 빠져 있었다. 홀로 애도의 시간을
지나고 있을 때 내가 아버지 건으로 연락을 한 것이었다.

나는 빅토리아의 암으로 인해 그녀와 친구가 되었다.

그리고 그렇게 이어진 우리의 우정 덕분에 아버지는 죽음 이후의 순간까지도 존엄을 지킬 수 있었다.

나는 그녀의 은혜를 잊지 않을 것이다.

빅토리아가 더 늙으면 내가 빅토리아를 돌볼 수 있기를 바라고 있다.

다시 찾은 이름

아니타는 멕시코 여성으로 요양원에서 일하고 있다.

주말과 평일 저녁에 우리 집에 와 나를 도와준다. 1년 넘게 아니타를 알고 지내다 보니, 그녀가 일하는 요양원이 친숙하게 느껴져 가끔 물건들을 챙겨 보내곤 한다.

어느 날, 친구가 요양원에 기증해달라며 새옷 한 상자를 보내왔다. 상자를 열어본 아니타가 큼직한 셔츠를 몸에 대면서 말했다.

"이건 내 환자 중 한 사람에게 잘 맞겠다. 그이는 몸이 너무 뚱뚱해서 맞는 옷이 없어."

나는 문득 궁금해졌다.

"요양원에선 맞는 옷이 없으면 어떻게 하는데?"

"종일 목욕 가운을 입고 지내는 거지."

"아니, 정말 그렇게 옷이 없어? 요양원에?"

"가족들이 챙겨주지 않으면 어쩔 수 없어. 요양원에 환자를 맡겨두고 나 몰라라 하는 사람들도 많아. 옷이 없는 환자는 우리가 찾아서 입혀주기도 하지만 사이즈 맞는 게 없으면 어쩔 수 없는 거지."

"그럼 신발은? 그 뚱뚱한 할아버지는 신발은 뭘 신어?"

"양말."

"휠체어 타고 계신 분이야?"

"아니. 몸은 성하셔. 잘은 못 걸어도 걸어 다닐 수 있어."

"그런데 종일 양말을 신고 있다고?"

"어쩔 수 없어."

"그 할아버지 이름이 뭐야?"

내 질문에 아니타가 잠시 멈칫했다.

"아… 몰라… 모르겠다. 미안하네. 내가 돌보는 환자니까 적어도 나는 할아버지 이름을 알아야 하는데… 근데 말없는 사람들은 그냥 그렇게 지나치게 돼. 할아버지 이름 모르는 사람 많을 거야."

"그 할아버지 치매야?"

"아니. 그냥 조용한 사람이야. 질문을 하면 대답은 잘하는데 대부분 가만히 앉아만 있어. 내일 올 때는 할아버지 이름 알아 와야겠다."

아니타가 다음 날 문자를 보내왔다.

할아버지의 이름은 빅토르, 88세. 딸이 있는데 본인도 몸이 불편하다며 연락을 끊었다고 한다.

빅토르. 내가 어제까지만 해도 그 존재를 몰랐던 사람.

어제까지는 '목욕 가운에 양말을 신은 할아버지'였다가 오늘에야 비로소 이름을 알게 된 사람.

부모님 연배인 사람.

빅토르… 빅토르…

만난 적도 없고, 아마 앞으로도 만날 일이 없을 요양원의 한 할아버지가 내 마음에 살며시 들어왔다.

그날 밤 늦게 엄마를 모시고 마켓에 갔다.

빅토르 할아버지를 위해 큼직한 셔츠를 밝은 색깔로 두 벌 샀다.

바지도, 스웨터도, 신고 벗기 편한 신발도 한 켤레 샀다.

"할아버지 이름 찾아줍시다" 하고는 엄마에게 할아버지 이름을 옷에 적어달라고 부탁했다.

엄마는 셔츠에 이름을 적으시더니 바지에는 아예 이름표를 만들어 한 땀 한 땀 박아버렸다. "절대 떨어질 일 없을 거야" 하시면서.

할아버지에게 편지를 썼다.

당신 또래의 부모를 모시고 있다고, 할아버지 마음에 매일
매일 기쁨과 소망이 넘치길 기원한다고.

이틀 후, 아니타가 문자와 사진을 보내왔다.

사진 속에서 은발의 할아버지와 아니타가 활짝 웃고 있었
다.

3부

죽음과 더불어 살아간다는 것

유품 정리

아버지가 떠나시고 한 달이 지났다.
아직 장례를 치르지 않았다.

엄마, 언니, 나 모두 아버지가 형식에 연연하지 않는 분임을 잘 알고 있었다. 우리가 심신을 무리해 장례를 치르지 않아도 아버지는 충분히 이해하실 것이었다.

우리는 한마음으로, 온 가족이 다 자리할 수 있는 12월 중순에 함께 모여 장례를 치르기로 했다. 그때까지 우리에겐 슬픔도 가누지 못한 채 치러지는 형식적인 장례식 대신, 같이 그리고 홀로, 천천히 아버지를 애도할 수 있는 시간이 주어졌다.

마음이 평안하다.

애도의 과정이 평온한 또 하나의 이유가 있다.
아버지의 모든 짐 정리가 돌아가시기 전 이미 끝나 있었고, 유품 정리가 아주 간단했기 때문이다.

아버지가 돌아가신 날 오후, 우리는 남아 있는 기저귀, 담요, 옷가지와 신발들을 수습해 친구가 일하는 요양병원으로 보냈다.

그것으로 유품 정리가 끝이었다.

모든 것을 정리하는 데 채 한 시간이 걸리지 않았다.

물건이 없으니, 유품 정리의 고통이 없었다.

아버지가 떠나신 방은 단정하고 깨끗했고, 우리는 그 방에서 아버지를 기렸다.

유품 정리가 감정적으로 얼마나 힘든 일인지, 나는 이미 경험을 통해서 알고 있었다.

이스라엘에서 공부할 때 가깝게 지낸 오프라의 아버지가 돌아가셨을 때였다.

유대교에서는 보통 종교인들이 시신을 관리하기에 사망 즉시 종교인들이 시신을 인수해 가는데, 오프라의 아버지는 병원에서 장기를 기증하고 돌아가셨다. 오프라의 가족은 할아버지 아파트에서 조문객을 맞았다. 시신도, 관도, 사진도, 꽃도 없는 빈소는 고요하고 우아했다. 조문객들은 다과를 들며 조용히 이야기를 나눴다. 아무도 눈물을 흘리지 않았다.

조문객들이 모두 돌아간 늦은 시각, 오프라가 유품 정리를 시작했다.

갑자기 방에서 비명이 들리더니, 통곡이 이어졌다. 달려가 보니 오프라가 작은 나무 상자를 들고 선 채 울고 있었다. 심리학자에게도 부모의 유품을 정리한다는 것은 아픈 일이었다.

나 역시 오빠의 유품을 정리하면서 힘들었었다.

오빠의 이름만 들어도 쓰러져서 우는 새언니가 유품 정리를 한다는 것은 불가능했다. 내가 하기로 했다.

오빠의 방에 들어갔는데 옷, 컴퓨터, 책, 필기도구 등등 모든 것이 깨끗이 정리되어 있었다. 한 달 전만 해도 유용했으나 이제 모든 쓸모가 사라진 채 오빠의 죽음만을 상기시키는 그 물건들을 없애는 게 나의 일이었다.

정리를 하다가 몇 차례나 선 채로 눈물을 흘렸다. 의사의 처방전과 약 영수증, 오빠의 건강기록부, 약봉지, 약병들 때문이었다. 오빠의 방 안에서만 발견되었을 뿐, 집 안의 다른 어느 곳에서도 찾아볼 수 없었던 그것들을 통해 나는 오빠가 언제부터 무슨 병을 앓았는지, 얼마나 처절하게 홀로 투병했는지 알게 되었다. 아내와 부모를 근심으로부터 보호하기 위해 방문을 닫고 앉은 오빠의 외로운 모습이 떠올라 가슴이 미어지는 것 같았다.

자정 무렵, 쓰레기 봉지들이 줄지어 현관 앞에 놓였다.

무거운 봉지들을 하나씩 승강기 앞으로 끌어 날랐다.

오빠의 물건들이 질질 끌리며 쓰레기장으로 향해 갔다.

나는 아파트와 주차장을 번갈아 오갔다.

몇 번째로 내려갔을 때였을까?

잠시 숨을 돌리려고 허리를 편 순간 나는 멈칫했다.

주차장에 줄지어 있는 자동차들. 아무도 없는 주차장에서 오빠의 흔적들이 든 봉지를 힘겹게 끌고 가는 내 모습을 그 차들이 바라보고 있었던 것이다. 갑자기 두려움이 엄습해, 나는 노래를 흥얼거리며 애써 마음을 진정시켰다.

1년 후, 남편과 백화점에 갔을 때였다.

지하 주차장에 차를 세웠는데, 무심코 문을 열고 나간 순간 내 온몸이 굳어버렸다.

눈앞에 그날의 주차장이 펼쳐져 있었기 때문이다.

백화점 주차장에 일렬로 도열한 자동차들이 나를 쳐다보고 있는 것만 같았다.

138

죽음의 기억, 상실의 기억이 나를 에워쌌다.

소리내어 엉엉 울었다.

1년 전의 내가 차마 하지 못했던 일이었다.

* * *

아버지의 유품 정리가 간단할 수 있었던 이유 중의 하나는 살림과 짐 정리가 이미 끝나 있었기 때문이다.

그러나 부모님이 처음부터 선뜻 짐 정리에 동의하신 것은 아니었다. 부모님 집에 갈 때마다 엄청나게 쌓여 있는 물건들을 보며 짐 정리를 도와주겠다고 말씀드렸지만, 두 분 모두 기억과 세월이 스며들어 있는 물건들을 정리할 엄두를 내지 못했다.

"내가 죽으면 버리면 돼. 지금은 그냥 둬라!"

나는 아버지에게 항변했다.

"아버지는 아버지 생각만 하시는 거예요. 산더미 같은 유품 치우면서 저희가 겪을 고통은 생각지 않으세요? 쓰지 않는 물건 정리하는 게 뭐가 어려워요?"

그러나 서로 상처를 주고받은 뒤에도 진전은 없었다.

급반전의 계기는 2009년이었다.

엄마가 혈압 때문에 쓰러져 입원하셨을 때였다. 운 좋게 내가 한국에 있어 병간호를 할 수 있었다. 그런데 그때 부모님의 낡은 아파트가 누전이 되었고, 동시에 부엌 바닥의 물이 새는 바람에 아랫집 벽을 손상시키는 큰 사고가 일어났다. 바닥을 모두 들어내야 누수 문제를 해결할 수 있다는 전문가의 진단에 스트레스를 받은 엄마는 심장에 무리가 와 다시 병원 신세를 지게 되었다.

나는 체류 기간을 연장하고 문제를 해결해나갔다.

결국 바닥 공사를 하는 것으로 결정하고, 업체에서 견적을 받고 아랫집과도 이야기를 나누는 등 일이 진척되니 엄마가 눈에 띄게 안정되었다. 그때 나는 엄마의 혈압은 식사나 운동 부족이 아니라 극심한 스트레스 때문임을 알게 되었다.

오랜 세월이 남긴 세간살이와 이천 권이 넘는 책들이 들어찬 집의 공사를 생각하니 무척 두려웠던 것이다.

엄마가 퇴원한 날, 아버지가 말씀하셨다.

"책을 다 버리기로 했다."

나는 깜짝 놀랐다. 아버지에게 책이 어떤 의미인지 너무나 잘 알고 있었기 때문이다.

그러나 엄마가 입원해 있는 동안 많은 생각을 한 아버지는 엄마를 지켜주기 위해 결단을 내린 것이다. 엄마도 이참에 낡은 옷가지와 세간살이를 정리하겠다고 하셨다. 아버지의 분신 같았던 책들은 다행히 대학교 도서관에 놓이게 되었다.

내가 미국으로 돌아오고 난 뒤 공사는 잘 진척되었다.

몇 주 후, 엄마 아버지가 새로 단장한 집에 들어가시는 날, 너무 궁금해서 잠이 안 왔다. 한국 시간에 맞춰서 전화를 드리니 엄마가 밝은 목소리로 전화를 받으셨다.

"속이 시원해. 언젠가 할 일이었는데 이렇게 살아 있을 때 하게 되니 좋다. 우리가 이 짐 두고 죽었으면 그걸 정리하면서 너희가 얼마나 힘들었겠니?"

* * *

그렇게 큰 짐 정리가 끝나고, 이후 두 차례에 걸쳐서 짐 정리가 이뤄졌다.

2015년 미국에서 아버지가 사고를 당하시고 한국에 돌아가지 못하게 되었을 때, 부모님 집은 1년 동안 비어 있었다. 부모님과 상의 끝에 집을 팔기로 했고, 나는 집을 내놓기 위해 잠시 귀국했다.

문을 열고 들어선 순간, 다정한 우리 집 냄새가 아니라 먼지 냄새가 훅 끼쳤다. 문을 열면 언제나 부모님이 반가이 맞아주셨던 '나의 집'에 이제는 아무도 없었다.

'돌아가시면 이런 기분이겠구나.' 마음이 참담했다.

나는 천천히 집 안을 둘러보면서, 이제 곧 모습을 잃게 될 집, 엄마 아버지의 보금자리이자 나의 안식처였던 곳의 모습을 눈에 담았다. 그리고 짐 정리를 시작했다.

부모님의 모든 재산을 미국으로 옮기고 집 문제를 매듭짓기 위해 다시 한 번 한국에 들어왔다. 그때는 심경이 아주 복잡했다. 아버지 건강이 안 좋을 때라서 마음이 급했고, 집이 팔렸기 때문에 이번에는 집을 깨끗이 비워야 한다는 부담이 있었다.

미국으로 보낼 짐과 버릴 짐을 나누는 동안, 이것이 유품 정리가 아니어서 정말 다행이라는 생각이 들었다. 집을 팔기 위해, 부모님의 터전을 미국으로 옮기기 위해 하는 정리일 뿐이라고 나는 애써 마음을 다잡았다.

미국으로 짐을 부치고, 나머지 짐들은 전문 업체에 처리를 부탁했다. 사람들은 일사분란하게 작업을 이어나갔다. 그들에게는 너무나 간단한 일이었다. '쓰레기'를 처리하는 일은.

내 눈앞에서 엄마의 손때가 묻은 그릇들이 아무렇게나 던져지고, 아버지가 아끼던 책장이 부서뜨려졌다. 나는 마음을 다잡았다. 정리를 하려면 어쩔 수 없었다.

그러나 네 살 때부터 우리 집 안방에 있던 옷장이 깨부숴지는 소리를 듣는 순간, 다리가 후들거렸다. 나는 감정을 주체할 수 없어 그 자리를 피했다.

몇 주 후 한국에서 부친 짐이 미국에 도착한 날, 2009년부터 시작된 짐 정리가 비로소 끝이 났다.

살아 계실 때 짐 정리를 끝냈기에, 아버지는 '유품 정리'라는 무거운 숙제를 우리에게 남기지 않고 떠났다.

아버지는 가볍게 훌훌 떠났고, 아버지의 빈자리에는 우리가
평생 간직할 아버지의 아름다운 모습만이 남았다.

나의 장례식을 너의 결혼식처럼 해다오

엄마와 아버지는 평소 죽음에 대해 이야기하는 것을 좋아하셨다.

치매 걱정이며 혼자 남을 배우자에 대한 걱정은 물론이고, 영정사진은 어떤 것으로 할지, 어떤 찬송가가 불리면 좋겠는지 하는 세세한 것까지 이야기하셨다.

"연명치료는 싫다. 서류는 작성해놓았다" "천국 가는 거니 슬퍼할 거 없다"는 말씀도 여러 번 하셨다.

돌아가시기 몇 달 전, 나는 장례식에 관해 구체적인 계획을 세워야겠다는 생각이 들었다.

경험상 미국 장례식 절차도 한국 못지않게 까다로웠고, 아버지 성품으로 그런 걸 원하실 리가 없었다.

나는 담담히 아버지에게 물었다.

"아버지, 어떤 장례식을 원하세요?"

나는 그 질문에 구체적인 질문들을 더할 생각이었다.

조문객의 범위, 숫자, 장소…

아버지는 내 물음에 일 초의 망설임도 없이 대답하셨다.

"네 결혼식처럼 해다오."

전혀 예상치 못한 대답이었다.

"네 결혼식 때 나는 정말 행복했었다. 식구들이 모여서 간단히 예배드리고 식사하고. 형식에 치우치지 않고, 소박하지만 충만한 결혼식이었지. 그날 정말 너무 행복했어."

* * *

나의 소박한 결혼식은 우리 집 전통을 따른 것일 뿐이다.

언니 오빠 모두 한국에서 결혼했지만, 예단이니 폐백이니 모든 것을 생략했다.

미국에서 에릭을 만나 결혼을 결심한 뒤, 나는 벨기에에 있는 그의 가족들 앞에서 혼인서약을 했다. 그리고 이듬해 임신한 상태에서 미국에 가족을 모시고 결혼식을 올렸다.

예식은 교회에서, 참석자는 모두 합해 스무 명 남짓이었다.

간단히 평상복을 입으려고 했는데, 엄마가 축복의 드레스를 만들어주겠다고 하셨다. 엄마는 동대문에서 원단과 장식을 구입해 손수 바느질을 하셨다. 그 드레스는 내 마음에 꼭 들었다.

언니와 형부가 아침 일찍부터 교회로 가, 결혼식장을 아름답게 꾸며주었다. 예쁘게 차려 입은 귀여운 조카들이 결혼식 분위기를 따뜻하고 유쾌하게 만들었다. 감사하게도 목사님의 따님이 자청해 피아노 반주를 해주었다.

우리는 예배를 드린 후, 반지를 교환하고 기념사진을 찍었다.

나중에, 결혼식을 그런 식으로 치르다니 부모가 불쌍하다는 소리를 들었다. 내가 불쌍하다는 소리도 들었다.

그런 말을 한 사람 중의 하나는 결혼선물을 전혀 원하지 않았던 우리에게 굳이 선물을 주고 간 사람이었다.

내가 쓸쓸한 얼굴로 "제가 불쌍하다네요" 했더니 아버지가 "신경 쓰지 말거라. 네가 좋으면 된 거야" 하셨다. 아버지가 의연하시니, 나도 사람들의 말을 쉽게 떨쳐버릴 수 있었다.

* * *

결국, 아버지의 장례식은 식구들이 모여 간단히 예배를 드리는 것으로 결정이 났다.

하지만 어머니가 느끼실 상실감을 생각하면, 적어도 엄마가 찾아갈 수 있는 묘소는 있어야 했다.

미국에서 자라는 아이들에게도 할아버지의 묘소는 자신들의 뿌리를 기억할 수 있는 상징이 되어줄 터였다.

근처에 예쁘고 조용한 묘원이 있다고 해서 가보았다.

엄마는 해가 잘 드는 동산에 위치한 자리를 마음에 들어하셨다. 그래서 나중에 엄마도 합장할 수 있는 조건으로 아버지의 묘소를 구입했다. 아버지를 어디로 모실지에 대해 내내 고민하셨던 엄마는 집에서 이십 분 거리의 가까운 묘원에 언제고 찾아갈 수 있다고 좋아하셨다.

장례식이 있기 이 주 전부터 엄마와 나는 많이 아팠다.

나아진 듯싶다가도 다시 힘들기를 반복하는 통에, 도저히 장례식 준비를 할 수 없었다.

장례식 때문에 집에 온 대학생 딸아이가 자기가 준비를 돕겠다고 했다.

"안 해본 일인데 네가 장례식 준비를 할 수 있겠니?"

"엄마, 장례식도 하나의 이벤트잖아. 학교에서 몇 년간 이벤트 준비하는 일 많이 해봤어. 잘할 수 있어."

딸은 그렇게 '장례 준비 위원회 위원장'을 자처했다.

덕분에 묘원에서 장례식을 위해 제공하는 것이 무엇인지(천막과 간의 의자 열두 개), 식은 얼마나 오래 진행되는지(통상적으로 십오 분에서 한 시간), 절차는 어떠한지(식이 진행되는 동안 인부들이 기다리고 있다가 우리가 원할 때 와서 매장을 한다) 등등의 정보를 놓치지 않을 수 있었다.

딸아이는 묘지 위에 놓을 꽃다발과 매장할 때 식구들이 하나씩 넣을 꽃도 직접 준비했다.

할아버지가 평소에 사랑했던 워즈워스의 시 「수선화」를 떠올려 수선화를 사고 싶었는데 철이 아니라서 비슷한 노란색 꽃을 샀다고 했다. 내게는 사진만 준비해달라고 해서, 가족 앨범과 휴대폰을 뒤져 백여 장의 사진을 추려주었다.

엄마와 나와 딸은 밤중에 마주 앉아 두꺼운 보드 네 장에 사진들을 붙였다. 이야기꽃이 핀 의미 있는 시간이었다.

* * *

장례식 아침.

도착해보니 천막과 테이블이 준비되어 있고 멀찌감치 인부들이 보였다.

　테이블보를 깔고 있는데 목사님이 꽃다발 꾸러미를 들고 오셨다. 텅 비어 있던 테이블이 순식간에 아름다운 꽃들로 가득 찼다.

　아버지의 장례식이 큰 축제가 된 것 같았다.

　목사님이 말씀하셨다.

　"여러분의 남편, 아버지, 할아버지는 세상을 떠났으나 여전히 살아 있습니다. 우리 마음속에 살아 기쁜 추억으로 존재합니다. 우리의 의식과 가치관 속에 그의 심성과 숨결이 존재합니다. 우리의 목소리, 말투, 행동 속에 그가 있습니다.

　언젠가 그를 다시 만난 여러분이 그를 본받아 최선을 다해 살았다고 말할 수 있기를 기원합니다."

　기도와 아버지가 좋아하시던 찬송에 이어, 식구들의 추모가 이어졌다.

　마지막 인사는 엄마가 했다.

　노란 꽃들이 하나둘 아버지의 마지막을 장식했다.

　목사님을 모시고 가족사진을 찍었다.

예약해놓은 식당으로 가서 맛있고 즐거운 식사를 했다.

아버지의 장례식은 번거롭지 않았다.

우리 마음 또한 번잡하지 않았다.

우리는 그저 온전히 아버지를 추억하고, 기리고, 애도했다.

장례식 분위기가 잘 표현된 사진 한 장이 있다.

목사님과 엄마와 언니가 즐겁게 이야기를 나누고 있고, 남편은 삽으로 흙을 던져 넣고 있고, 손자 둘은 비통한 얼굴로 생각에 잠겨 있고, 나와 조카는 껴안고 있고, 형부는 모든 것이 보이는 위치에서 지켜보고 있고, 이 광경을 딸아이가 찍고 있다.

우리 모두는 자기 나름의 시간을, 자유로이, 자신의 리듬에 맞춰, 자연스럽게 지나고 있었다.

사람 '강대건'을 추억하고 있었다.

사진 두 장

아버지가 돌아가시고 며칠 후 사진을 정리하다가 깜짝 놀랐다. 서로 다른 시간에 찍혔으나 거의 같아 보이는 두 장의 사진 때문이었다.

한 장은 1년 전 겨울, 엄마가 아버지 옆에서 책을 읽어드릴 때 찍은 사진, 또 한 장은 아버지가 돌아가시고 두 시간 후 내가 간호사와 면담을 하던 중 방문 너머 보이는 엄마와 아버지 모습을 찍은 사진.

누워 계시는 아버지, 그 옆을 지키는 엄마.

죽음 전과 죽음 후.

같은 모습이었다.

엄마의 옷과 아버지가 덮으신 담요 색깔이 다를 뿐.

아버지가 돌아가시고, 간호사와 함께 아버지 사망의 과정, 화장, 장례 등의 이야기를 나누던 중, 엄마가 걱정되어 슬쩍 방을 들여다보았다.

아버지 곁에서 기도를 하고 있는 엄마의 뒷모습을 본 순간, 나의 마음이 안정되었다. 그래서 사진을 찍었다.

죽음에 대응하는 엄마의 모습을 영원히 기억하고 싶었다.

'아버지를 지키는 일'은 엄마 인생의 주제라고 해도 과언이 아니었다.

엄마는 평생 아버지 옆에서 아버지를 지켰다.

엄마는 아버지의 '산소마스크'이자 '지팡이'였다.

아버지가 병상에 누우신 3년은 내내 아버지와 같은 방에서 아버지를 지켰다.

새벽 5시 혈당 검사를 시작으로 인슐린, 아침식사, 산책으로 이어지는 매일의 일정을 감당했다.

밤이면, 엄마는 잠에 취한 상태에서도 일어나 아버지를 돌봤다.

엄마 자신도 팔십 대 노인이면서.

아버지는 미안한 마음에 어떻게든 불편을 참아보려고 애썼고, 차마 엄마를 깨우지 못하고 깜깜한 방에서 사투를 벌이다 간신히 "여보…" 하고 엄마를 부르곤 했다.

두 분은 자주, 죽으면 참 좋을 거라고 말씀하셨다.

엄마는 먼저 간 아들을 볼 수 있으니 얼마나 행복할까 했고, 아버지는 아홉 살 때 세상을 떠난 어머니를 뵙고 싶다고 했다. 할아버지, 남동생, 누나, 여동생, 언니… 이 사람, 저 사람, 만나고 싶은 사람들, 이제 죽고 없는 사람들의 이야기를 즐겁게 오래오래 나눴다.

엄마 아버지는 '기쁘게 죽음을 맞을 사람들' '행복하게 죽을 준비가 된 사람들'이었다.

두 분이 우울감에 젖어 있었다면 나는 얼마나 힘들었을까.

아버지가 "이렇게 살아서 뭐 하나" 했다면 나는 얼마나 힘들었을까.

엄마가 "이게 뭐냐, 고향에도 못 가고. 평생 아버지 모시느라 고생했는데 이젠 더 힘든 일만 남았구나" 했다면 나는 얼마나 힘들었을까.

엄마 아버지는 자신들에게 주어진 삶을 긍정했다.

두 분은 죽음에 대한 공포와 걱정 대신, 자신들의 처지에 대한 비관이나 한탄 대신, 남아 있는 삶을 잘 살아내기 위해 힘껏, 노력했다.

바삐 부모님 방을 들락날락하다가도, 엄마가 아버지 침대 맡에 앉아 두런두런 이야기를 나누거나 책을 읽어드리는 모습을 보면 마음이 편안하고 행복해지곤 했다.

그리고 아버지는 돌아가셨다.

두 분이 너무도 많이 상상하고 생각하고, 마음으로 예행 연습까지 했던 그 시간이 닥친 것이었다.

여느 때처럼 엄마는 아버지 곁에서 아버지를 지켰다.

살아 계셨을 때는 이야기를 하고 책을 읽어드렸다면, 돌아가신 뒤에는 기도를 하면서 아버지 곁을 지켰다.

죽음의 시나리오를 수백 번 쓴 부부에게, 죽음은 아프지만 놀라운 일은 아니었다.

울면서 담담히, 엄마는 아버지의 죽음을 받아들였다.

아버지가 살아 계셨을 때나 돌아가셨을 때나 엄마와 아버지의 모습은 한결같았다.

그것은 평화였다.

애통함을 지배하는 평화.

죽음이 무너뜨리지 못한 그 한결같은 평화를 지켜보며, 나는 죽음과 삶의 경계가 아무것도 아님을 확인했다.

아버지는 죽음으로써, 어머니는 죽음을 맞이하는 모습으로써 내게 증명했다.

죽음이 무너뜨릴 수 없는 내면의 평화와 확신을.

작은 징검다리 하나가 삶과 죽음을 가를 뿐이었다.
숨 한 번이 죽음과 삶을 나눌 뿐이었다.
죽음은 그렇게 간단하고, 자연스러운 것이었다.
죽음, 그까짓 것.
나 역시 곧, 그 한 번의 내쉼의 시간을 지나게 되리라.
나는 평화로울 것이다.

90세 노인이 그리워한 어머니

이른 새벽 일어나 책을 읽던 평생의 습관 때문에 아버지는 새벽마다 잠을 깼다.

몸을 움직일 수 없으니 깨어도 옴짝달싹할 수 없는 시간이 길고 고통스러우실 것 같았다.

어느 날 아버지에게 새벽의 긴 적막이 힘드시지 않냐고 여쭈었더니, 아버지는 빙긋 웃으며 말씀하셨다.

"괜찮아. 나는 '좋은 생각' 하고 있어."

기도, 평생 가르친 시, 사랑하는 이들과의 추억 등등이 아버지의 좋은 생각이었다. 아버지는 그런 좋은 생각을 하면서 아내와 딸이 깨기를 기다렸다.

어느 날은 아침 인사를 하는 나에게 아버지가 새벽에 시를 썼다고 하셨다.

그러곤 펜을 잡을 손가락 힘이 없는 아버지가 마음속에 쓴 시를 한 줄 한 줄 기억해 들려주셨다. 어릴 때 여읜 어머니를 그리며 쓴 시였다. 나는 받아 적었다.

고요 속에서 들리는 목소리.

대건아!
나를 부르는 어머니의 정다운 목소리.
나는 눈물짓는다.

어스름 속의 솔밭,
하염없이 땔감을 긁어모으던 나에게
"이제 집으로 가자"
이끄시던 다정한 어머니.

어머니의 목소리는 사라졌어도 지금도 내 귀에 쟁쟁하다.
어머니의 목소리는 작아도 태산을 명동하는 감동을 준다.

나는 또 한 번 어린애가 된다.
어머니의 목소리를 들으며 잠드는 어린애가 된다.

* * *

요즘은 내가 새벽에 일어나 잠 못 이루고 글을 쓴다.

아버지와 함께했던 날들을 그리워한다.

평생의 수고를 뒤로하고 '이제 집으로 돌아가신' 아버지.

그렇게 그리워하시던 어머니의 품에서 단잠을 주무시고 계시기를.

고마운 사람

아버지가 돌아가신 날 오후, 딸을 공항에 데려다주고 집에
오다가 남편에게 물었다.

"커피 마시러 갈까?"

남편이 놀란 기색이었다. 그럴 수밖에. 지난 3년, 마음이 내
킨다고 우리가 커피를 마시러 가는 일은 단 한 번도 없었기 때
문이다.

차를 돌려 카페로 향하는데, "이런 상황이 적응이 안 돼. 정
말 아버지가 돌아가신 거구나" 하며 남편이 갑자기 흐느끼기
시작했다. 늘 침착하던 남편이 어깨를 들썩이며 우는 모습을
보자, 나는 놀라 아무 말도 못하고 어깨만 토닥였다.

잠시 후 감정을 추스른 그가 말했다.

"내가 마지막으로 아버지를 모시고 산책을 나간 게 지난 토
요일이었어."

"기억 나. 그날 비가 왔잖아. 그래서 안 나가려고 했다가 나
갔었지?"

* * *

아버지의 주말 산책은 남편의 몫이었다.

동네 조그만 공원에 가서 아이들이 뛰노는 모습을 보다가 아이스크림을 사먹고 돌아오는 주말 산책은 아버지가 가장 좋아하고 기다리는 시간이었다.

그런데 지난 토요일은 아침부터 종일 보슬비가 내렸다. 오후에 잠깐 그쳤지만 먹구름이 심상치 않았다. 하지만 아버지를 생각해 나가기로 했고, 산책 시간을 줄이기 위해 남편만 다녀오기로 했다.

"그날은 특별한 날이었어. 비가 내려서 호수에는 아무도 없었어. 아버지와 나 말고는. 비 온 뒤에는 공기가 맑아져서 모든 게 깨끗하게 보이잖아? 먼 산의 봉우리, 바위 위의 거북이, 호수 건너편의 새들이 다 보였어. 아버지가 참 좋아하셨지."

아버지가 해맑게 웃으시는 모습이 떠올랐다.

"아주 이상한 날이었어. 바람 한 점 없이 모든 게 멈춰 있는 듯했지. 구름이 드리워 있어서 좀 어두웠는데 해 질 무렵이라 어딘가에서 밝은 빛이 올라오는 듯했어. 그때 갑자기 그런 생각이 드는 거야. '아버지와 함께 이런 풍경을 다시 볼 수 있을까?'

왠지 온통 그 생각뿐이었어. 휠체어를 밀면서 호숫가를 걷는 내내… 그때 결심했어. 다시 아버지와 함께 꼭 이런 풍경을 보겠다고. 그런데 나흘 후에 아버지가 입원을 하신 거야. 병원 침대에 누운 아버지를 보면서 그때 생각이 떠올랐어.

내가 의사한테 리프트 요구했던 거 생각나? 나는 아버지를 모시고 다시 산책을 나갈 작정이었어. 아버지에게 다시 그 풍경을 보여드리고 싶었어. 단 한 번이라도 더…"

* * *

아버지가 중환자실에 입원하시고 하루 뒤, 우리 가족은 어려운 결정에 봉착했다.

아버지는 이제 음식을 삼킬 수 없다는 진단이 나왔고, 연명 치료는 안 한다 하셨기 때문에 삽관은 하지 않기로 했다.

의사는 길어야 이 주 정도 사실 거라며 호스피스를 권했다.

"모든 걸 무상으로 제공해드립니다. 오늘 결정하시면 내일 당장 침대가 배달되고 모든 것이 준비될 거예요. 이십사 시간 대기 간호사도 있습니다."

의사가 손을 들어 스캔하듯 병실을 가리키며 말했다.

"지금 여기에 편하게 계시는 것과 똑같이, 집에서도 편안히 계시는 것이지요."

그러나 세상 모든 것을 다 줄 것처럼 굴던 의사는 "아버지가 식사를 제대로 못하시니 당분간이라도 수액을 제공받을 수 있나요"라는 질문에는 단호히 안 된다고 했다. 그는 마치 안심하라는 듯이 말했다.

"식욕은 느끼지 않으실 거예요. (손으로 자기 입술 아래를 가리켜 보이면서) 여기에 소량의 약물을 떨어뜨리면 됩니다. 아주 편안하실 겁니다."

의사의 말은 간단했다. 음식을 삼키지 못하니 음식은 삼가고, 아버지가 식욕을 느끼지 않게끔 잠에 빠지게 하겠다는 것이었다.

나는 의식이 있고 고통도 호소하지 않는 아버지에게 진정제/진통제를 투여한다는 사실을 받아들이기 힘들었다. 의사가 의도적이고 반복적으로 사용하는 '편안'이라는 단어가 너무나 불편했다. 아버지를 집에 모시고 가서 '편안하게 굶겨 죽이라'는 말인가?

의사의 말을 이해하고 싶었지만 나는 생각할 시간조차 없었다. 모든 일이 긴박하게 돌아가고 너무나 많은 결정을 신속히 내려야 하니, 혹시나 내가 실수를 할까 두려웠다.

문득, 전날 호스피스 담당 의사가 아버지의 상태를 살펴본 후 아버지가 호스피스 프로그램에 맞는지 잘 모르겠다고 했던 말이 떠올랐다. 나는 의사에게 단 며칠이라도 아버지 상태를 지켜본 후에 결정을 내리면 안 되겠느냐고 물었다.

그러자 의사는 난색을 표했다.

"안타깝게도 대기 중인 환자들을 위해 병실이 필요합니다. 병원에선 당신 아버지를 위해 해드릴 수 있는 게 없고요."

아, 그렇구나. 그제야 이해가 되었다.

아버지는 병원에 있어봐야 치료가 불가능하고, 삽관을 거부하셨기 때문에 병원에서는 해줄 수 있는 게 없었다.

우리에게 선택권은 없었다. 눈물이 쏟아졌다.

다음 날 아침, 의사를 만난 남편은 우리의 입장을 강하게 피력했다.

"저희는 생명을 억지로 연장할 욕심이 없고, 인위적인 편안함 속에서 돌아가시게 하는 것도 반대합니다. 어제 아버지는 음식물을 삼키셨어요. 그러니 나와 내 아내는 호스피스를 하더라도 음식을 계속 드리려고 노력하겠습니다. 음식을 원하는 분께, 음식 대신 진통제와 진정제만 드리는 것은 비윤리적인 처사라고 생각합니다."

이후 우리는 호스피스 절차를 밟았다. 병원 측에서는 여러 가지 기기의 리스트를 주면서 뭐든지 고르라고 했다. 남편이 환자를 침대에서 휠체어로 옮기는 데 도움이 되는 기기가 있는지 물었다. 의사는 리프트가 있다고 했고, 남편은 그것을 요청했다.

아버지는 병원에서 집으로 모시고 아홉 시간 정도 후에 돌아가셨다.

* * *

의사와 남편의 대화를 들으면서 나는 내내 남편의 의중이 궁금했었다.

'이 사람은 정말 아버지가 휠체어에 앉을 수 있을 만큼 회복될 거라고 믿는 걸까? 아니, 아버지가 그 정도로 회복되길 정말 바라긴 할까? 혹시라도 이만큼 사셨으니 그만 세상을 떠났으면 하고 바라는 건 아닐까? 그의 속생각은 무엇일까?'

남편은 나와 생각이 다를 수 있었다.

어찌됐든, 그는 사위일 뿐이니까.

아내를 도와 3년 동안 병간호를 한 사위가 결국 뇌출혈이 온 장인을 보며 이제는 편히 보내드려야 한다고 말한들 누가 그를 탓할 수 있겠는가.

게다가 그는 쉬고 싶어했었다. 아버지를 모시기 훨씬 전부터.

남편은 미국으로 이민을 와 25년을 지내는 동안 무척 지쳤다면서, 막내가 대학을 간 뒤에는 쉬고 싶다고 했었다. 미국 횡단 여행? 남미? 캠핑카? 그는 아내와 여행을 한다는 상상만으로도 즐거워했었다.

그러나 아버지의 사고 이후, 그의 꿈은 산산조각이 났다.

우리는 아이 둘을 입양한 부모처럼, 새로운 현실이 던지는 수많은 도전을 헤쳐나가느라 정신이 없었다. 사고를 당한 아버지가 생사의 위기를 넘기고 난 뒤에는 집을 개조해서 부모님

방을 만들어야 했고, 부모님 의료보험 문제, 영주권 취득, 한국에 있는 재산 정리, 집 처분, 한국에서 실려 온 물건 정리 등등 처리해야 할 일이 한시도 끊이지 않았다.

우리는 같이하는 시간이 거의 없어졌다. 우리만의 대화도 불가능해졌다. 평일이든 주말이든 나는 깨자마자 아버지 방으로 내려갔고, 늦은 밤 녹초가 된 몸으로 올라와 쓰러져 잤다.

남편은 퇴근하면 혼자 저녁을 먹었다. 혼자 음악을 들었고 혼자 책을 읽었다. 아버지 저녁 운동처럼 힘을 써야 하는 일들도 정기적으로 도와주었다. 달리기와 사이클링 같은 주말 취미 생활은 나를 도와 아버지를 돌봐야 하는 시간을 피해서 했다. 그가 아내를 온전히 차지하는 시간은 고작 한 달에 한 번(콘서트), 일주일에 한 번(슈퍼마켓), 어쩌다 한 번(밤 산책)뿐이었다.

주위 사람들은 걱정 어린 조언을 했다. "남편한테 잘해라. 그러다간 애정이 식는다." "그렇게 하다간 언제 이혼당할지 모른다." "조용한 사람이 더 무섭다더라."

그러나 나는 할 수 있는 일이 없었다.

나에겐 부부 관계를 '관리'하기 위한 힘이 남아 있지 않았다.

만약 남편이 이혼하자고 하면? 서운한 마음보다, 왠지 이해할 수 있을 것 같았다.

나는 남편이 이혼하자는 말을 해도 놀라거나 실망하지 말자고 내내 다짐했다.

남편은 힘든 내색을 한 번도 하지 않았다. 애초에 자기 감정을 쉽사리 표현하지 않는 사람이니 그의 속내는 알 길이 없었다.

그런데 남편이 리프트를 주문한 이유를 말해준 순간, 그리고 그가 얼마만큼 아버지와 산책을 하고 싶었는지를 말해준 순간, 이제까지 알 수 없었던 그의 마음속이 훤히 들여다보이는 기분이었다.

그도 나처럼, 아버지가 돌아가시는 순간까지도 아버지가 조금이라도 회복될지 모른다는 실낱같은 희망을 붙들고 있었던 것이다. 그도 나처럼, 아버지를 끝까지 돌보려고 했던 것이다.

죽 한 종지를 넘기시는 데 한 시간이 걸릴지언정 내가 그것을 해보려 했듯이, 남편은 침대에서 휠체어로 옮기는 데 한 시간이 걸릴지언정 아버지를 모시고 산책을 하려 했던 것이다.

그도 나처럼, 아버지를 모시고 있었던 것이다.

나는 아버지를 모신 지난 3년이, 나에게처럼 그에게도 역시, 아름답고 가치 있는 시간이었음을 알게 되어 기쁘다.

나는 죽는 날까지 그에게 고마워할 것이다.

진정한 위로

아버지가 돌아가시고 넉 달쯤 지났을 때 친한 친구가 울며 전화를 했다.

"엄마가 돌아가셨대!"

동부에 계시는 어머니가 새벽에 심장마비가 와 응급실에 갔는데, 두 번의 심폐 소생술을 받았으나 결국 돌아가셨다는 것이다.

나는 당장 친구에게 달려갔다.

담요로 몸을 감싼 채 소파에 앉아 있는 그녀의 눈이 통통 부어 있었다.

친구가 넋 나간 표정으로 울먹이며 말했다.

"믿을 수가 없어. 아버지가 너무 가여워. 장례를 치르러 동부로 가야 해. 어떻게 이런 일이 일어날 수 있지?"

마음이 아팠다. 아버지를 잃고 힘든 나를 위로해주던 친구였는데, 겨우 넉 달이 지나 이런 일이 생기다니…

친구는 나에게만 연락을 했다면서 당장은 아무에게도 알리고 싶지 않다고 했다.

"엄마의 죽음이 아직 믿기지도 않는데 사람들의 위로가 부담스러워."

무슨 말인지 너무나 잘 알 수 있었다. 나 역시 그랬으니까.

나는 자리를 뜨기 전에 딱 두 가지를 물었다.

"독서클럽에는 참석 못하게 되었다고 연락할까 말까?"

"해야겠지… 근데 내가 지금 그런 것까지 신경이…"

나는 내가 대신 해주겠다고 했다.

"그리고 강아지 코코는 내가 맡아줄까? 네가 돌아올 때까지 내가 봐줄게."

"아… 코코! 코코를 잊고 있었네. 네가 봐줄 수 있다니 다행이다. 정말 고마워!"

다음 날 그녀는 가족과 부모님이 계신 동부로 떠났다.

친구가 동부에 가 있는 동안 나는 강아지 사진을 찍어 정기적으로 보내주었다. '무소식이 희소식이니 답장은 안 해도 된다'는 문자와 함께.

스무 날 후 친구가 돌아오던 날 그녀가 도착하기 한 시간 전에, 나는 현관 앞에 화병과 카드를 놓아두었다.

"친구야. 나는 언제든지 너에게 달려올 수 있어. 내가 필요하면 언제든지 연락해도 좋아. 그렇지만 한동안 혼자 있고 싶을 거야. 그 마음도 다 이해해. 내게 연락하지 않는다고 섭섭해하지 않을 거야. 너 편한 대로 하면 돼. 내가 가끔 문자를 보낼 텐데 답장해야 한다는 부담도 절대 갖지 마. 용기 내자!"

우리는 수시로 문자를 주고받았다.

개 입양, 딸의 웨딩드레스, 아들의 대학원 준비 등등의 소식을 모두 문자로 들었다.

친구와 나의 집은 차로 오 분 거리밖에 되지 않았지만, 나는 그 집을 찾아가지 않았다.

그녀가 사람들에게서 위로 인사를 받는 게 힘들다고 토로했기 때문이다. 나는 그 마음을 충분히 이해할 수 있었다.

"난 아직도 사람들이 위로를 한다고 말을 걸 때 어떻게 반응해야 할지 모르겠어. 내가 슬플 거라는 기대를 하는 눈빛? 난 그게 힘들어."

"남편 회사 사람들과 바비큐 파티를 갔어. 오랜만에 만난 사람들이 다 그 얘기를 하는데, 정말 최악의 경험이었어."

"브런치를 같이하자는 거야. 팬케이크를 먹으면서 엄마의 죽음을 이야기하라고?"

"제발 모두가 나를 그냥 좀 내버려뒀으면 좋겠어!"

그러던 어느 날, 친구가 내게 문자를 보내왔다.

"난 네가 나를 진정으로 이해해주고 있다는 생각이 들어. 엄마가 떠나고 힘든 시간에 내 감정을 있는 그대로 표현할 수 있는 친구가 있다는 게 얼마나 고마운지 모르겠어. 고마워."

친구의 어머니가 돌아가시고 석 달쯤 지났을까, 우리는 비로소 얼굴을 봤다.

그리고 말없이, 우리만 아는 사랑의 포옹을 오래도록 나누었다.

* * *

죽음은 어떤 말로도 위로가 되지 않는다.

그러면서도 모두들 '위로의 말'을 건넨다.

어쩔 수 없는 일이다.

조문하는 이는 위로의 마음을 전해야 하니, '말'을 하지 않을 수가 없다.

그러나 '위로의 말들'이 상처가 되는 경우도 많은 것 같다.

살아 있는 사람들 사이에서도 삼가야 될 참견과 간섭이 함부로 고인을 향하는 때가 그렇다.

내 경우는 침묵, 혹은 '무슨 말을 드려야 할지 모르겠습니다' 정도가 가장 편하고 감사한 조문이었던 것 같다.

두 차례의 장례를 치르는 동안, 내가 위로받은 것은 가족과 지인들의 '말'이 아니라 '행동'이었다.

언니는 멀리 살아서 마음처럼 부모님을 돌봐드리지 못하는 것을 항상 안타까워했다. 그래서 시간이 허락할 때마다, 직항이 없어 때론 12시간이 걸리기도 하는 장거리 비행을 마다하지 않고 우리를 찾아왔다. 언니가 올 때마다 부모님은 활력을 되찾았다. 나 또한 마음 놓고, 잠시나마 휴식의 시간을 가질 수 있었다. 남편과 내가 매해 20일 동안 여름휴가라는 사치를 누릴 수 있었던 것은 자신들의 휴가를 반납하고 부모님을 돌봐준 언니와 형부 덕택이다. 두 사람은 내가 언제든 도움의 손길을 요청할 수 있는 든든한 버팀목이었다.

오빠의 유품 정리, 재산 정리, 부모님의 한국 집 정리, 재산 정리 등 산 너머 산처럼 다가오는 문제들의 해결을 도와준 친구가 있었다. 현실적이면서도 중요한 일들이 수월하게 해결되었기 때문에 나는 긍정적인 태도를 유지할 수 있었고, 하늘을 올려다보며 온전하고 평온한 애도를 할 수 있었다. 친구의 실질적인 행동은 백 마디 천 마디 위로의 말보다 더 큰 위로가 되었다.

우리 집 앞에 아무 말 없이 음식을 두고 간 친구도 있었고, 책과 시디를 보내준 친구, 아름다운 꽃 사진과 한국의 풍경들을 보내준 친구도 있었다. 말없이 행동으로 곁을 지켜준 친구들이 있기에 나는 외로운 시간을 견뎌 지나올 수 있었다.

그리고 또 다른 위로는 바로 '눈물'이었다.

오빠가 죽고, 나는 울지 못했다.

부모님을 지켜야 한다는 생각뿐이었다.

그런데 내가 멍한 얼굴로 우리 오빠가 죽었다고 말하자, 친구의 눈에 눈물이 그렁그렁 고였다. 연신 눈물을 훔치며 내 이야기를 들어주는 그녀를 보면서 나는 생각했다.

'네가 대신 울어주고 있구나. 나를 대신해서 네가 울어주고

있구나.'

오빠가 죽고 우리는 친척들에게 연락을 할 수 없었다.

엄마를 보호하기 위해서였다. 눈물의 위로조차 아들의 죽음을 상기시키는 차가운 칼날이 되어 상처를 줄 정도로 엄마는 극심한 고통 속에 있었기 때문이다.

아버지가 돌아가셨을 때도, 한국의 친척들과 지인들은 물론 가까이 사는 친구들에게도 연락을 하지 못했다.

이번에는 엄마 때문이 아니라 나 때문이었다. '아버지가 돌아가셨다'는 말을 입 밖으로 낸다는 것 자체가 견딜 수 없이 힘든 일이었다. 그저 조용히 아버지의 모습을 마음에 담고 애도하는 시간이 내게는 필요했다.

이런 행동은 어쩌면 이상하게 보일 수도 있다.

그러나 잘 생각해보면 사랑하는 사람의 죽음 이후 가장 힘든 것은 조문하는 이들이 아니라 남아 있는 가족이다.

슬픔에 잠긴 유족이 침묵과 은둔을 택한다면 혀를 차거나 손가락질을 할 게 아니라, 그대로 받아주는 것이야말로 최고의 위로이다.

뒤늦게 아버지의 부음을 들은 사촌오빠가 나에게 호통을
쳤다.

그러나 다음 날 다시 전화가 왔다.

"말 못할 정도로 아팠구나. 이해한다. 지금은 좀 괜찮니?"

오빠의 말 한마디 한마디에서 사랑이 전해졌다.

나는 위로받고 있었다.

진정한 위로였다.

아버지에게

아버지가 돌아가신 뒤, 내 마음속에서는 아버지의 마지막 음성이었던 신음 소리가 끊임없이 재생되었다.

그리고 아버지의 시선.

누운 채 천장을 향해 있던 커다란 눈망울의 시선과, 돌아가시기 직전 정면을 뚫어지게 응시하던 시선이 자꾸만 떠올랐다.

그리고 이제 나는 내가 아버지의 신음과 시선을 떨치지 못했던 이유를 알 것만 같다.

죽음이란 무엇일까?

의학적으로는 심장 박동이 멈추는 시간인지도 모르겠다.

그러나 심장 박동이 멈추기 전, '나의 아버지'는 이미 돌아가셨다.

그의 신음과 시선이 그것을 말해주고 있었다.

나는 분명히 알 수 있었다.

정확히 5일에 걸친 과정 속에서(뇌출혈, 입원, 퇴원, 사망) '죽음을 대면하는 한 (사회적) 인간의 모습'과 '죽음에 집중하는 한 (존재적) 인간'의 모습이 무척 다르다는 것을.

처음 뇌출혈이 있었을 때 아버지는 의식이 흐릿한 상태였다. 옆에서 우왕좌왕하는 우리에게 아무런 반응을 보이지 않았다. 그러나 내가 기도를 한 순간 "신주야, 고맙다"라고 또렷한 목소리로 외쳤다. 입이 마비된 가운데서도 인간 강대건은 평생 지켜온 '아버지'의 역할을 끝까지 해내고 있었다. 이후 돌아가시기까지 4일 동안 아버지는 여전히 한 '사회적 인간'이었다. 죽음 앞에서 평온했고, 죽음 열세 시간 전에도 손자손녀를 바라보며 "나는 참 행복하다"라고 말한 의연한 할아버지였다.

그러나 최후의 순간, 길게는 세 시간, 짧게는 삼십 분, 아니 마지막 오 분, 그는 전혀 다른 존재였다. 그는 온전히 자신의 '죽음에 집중하는 한 (존재적) 인간'으로서의 모습을 보여주었다. 그 순간의 그는 나의 아버지가 아니었다. 그는 인간 강대건이었다.

인간 강대건의 죽음은 숨이 멎기 세 시간 전, 신음으로 시작되었다.
마치 산모의 신음과도 같았던 그의 신음 소리. 90여 년 강대건의 몸에 있던 영혼이 그 몸을 빠져나갈 때의 고통은 지독한 산통과 닮아 있었다.

내가 아버지를 위해 마지막 기도를 했을 때 아버지는 나에게 반응하지 않았다.

의식이 있었지만 그 의식은 오롯이 자신의 죽음에 집중하고 있었다.

그는 자신에게 주어진 죽음의 과정, 그 고통에 온전히 자신을 맡긴 한 존재였다.

그 옆에서 안절부절못하는 나는 그에게 아무 의미가 없었다.

마침내 그의 영혼이 육체를 떠나는 순간, 그의 신음이 멎었고 고통이 끝났다.

평화가 찾아왔다.

나는 죽음의 순간에 '인간 강대건'을 보았다.

죽음은 우리 모두가 하나의 '인간' 그 자체가 되는 순간, 인간의 삶에서 유일하게 평등한 순간이다.

나는 강대건의 자유를 축복한다.

동시에 영원한 나의 아버지 강대건을 그리워한다.

* * *

아버지, 아버지의 영혼이 자유롭게 된 것을 축하드려요.

더 이상 죽음이 없는 빛의 세계에서 아버지의 영혼이 행복한 모습을 상상하면 저는 기뻐요.

엄마랑 그런 이야기 많이 해요. 이미 우리 옆에서 듣고 계시겠지만.

아버지한테 막 이야기하고 싶어요.

"아버지, 아버지 돌아가실 때 말이에요. 그때 내가 옆에서 아버지 응원하는 거 안 보였어요? 아버지는 그냥 죽기 위해서 노력하시는 것 같았어요."

"나를 무시하고 그렇게 뚫어지게 바라본 게 뭐였어요? 나 좀 섭섭하던데?"

"그때 아버지 눈이 얼마나 예뻤는지!"

예전처럼 아버지한테 장난치며 이야기를 나누고 싶어요.

그럴 수 없음을 깨달을 때, 아버지가 진짜 돌아가셨구나 하고 절감합니다.

아버지, 편히 계세요.

신주가 또 쓸게요.

좋은 아버지

오늘 정기검진 때문에 병원에 다녀왔다.

나이 지긋한 의사는 언제나처럼 부모님의 안부를 물었다.

아버지가 세상을 떠나셨다고 하니 그가 조의를 표하고는 어머니와 나의 안부를 묻는다.

바쁜 의사의 시간을 뺏을까 봐 나는 그저, 평안하지만 아버지가 그립다고만 답했다.

그랬더니 의사가 진지한 표정으로 물었다

"당신이 아버지를 집에서 돌봤지요?"

"네."

"어떤 식으로 모셨습니까? 아버님이 어느 정도 움직일 수 있었나요?"

"몸을 전혀 가누실 수 없었어요. 침대에 누워 지내셨어요."

"힘들지 않았어요?"

"힘든 때도 있었지만 힘들지 않을 때가 더 많았어요. 지난 3년은 제 인생에서 가장 영광스러운 시간이었거든요. 아버지 같은 분을 모실 수 있었으니까요."

의사가 차트와 펜을 책상에 놓더니 진료 침대에 앉아 있는 나에게 성큼 다가왔다.

"아버지는 어떤 분이셨나요?"

의사의 갑작스러운 질문에 나는 당황해서 대답을 쉽사리 하지 못했다.

그러자 의사가 덧붙여 말했다.

"나는 장성한 자녀 세 명을 두고 있습니다. 손자도 세 명이나 되는 노인이지요. 그럼에도 저는 여전히, 어떻게 하면 더 좋은 아버지가 될 수 있을까 고민합니다. 그래서 아버지를 모신 시간을 '영광'이라고 표현한 당신의 말이 놀랍습니다. 어떻게 해야 아버지로서 그런 소리를 들을 수 있을까 궁금합니다."

그 의사를 알고 지낸 지 벌써 6년인데 처음 듣는 개인사였다.

"저의 아버지는 매사에 감사하는 분이셨어요. 긍정적이고…"

의사는 아버지가 병상에 있을 때에도 그랬는지 물었다.

나는 아버지가 처음에는 힘들어하셨지만 많은 대화 후 마침내 모든 상황을 받아들여주셨다고 대답했다. 그것이 우리 삶의 전환점이 되었다고 했다.

의사는 좀 전의 질문을 다시 던졌다.

"아버지는 어떤 분이셨나요?"

"자식들을 많이 사랑해주셨어요. 다정하고, 예의바르고, 젊은 사람들을 존중했고… 욕심 없고…"

나는 횡설수설했다. 아버지의 90년을 어떻게 몇 단어로 정의할 수 있을까?

가만히 듣고 있던 의사가 말했다.

"이해합니다. 한 사람을 몇 마디로 정의한다는 것은 쉽지 않지요. 그런데 당신이 말을 하지 않아도 이미 알 것 같습니다. 당신이 아버지를 모시고 싶어했고, 모시면서 행복해했다는 사실이 당신의 아버지가 어떤 사람이었는지를 말해주고 있으니까요."

그리고 그는 덧붙였다.

"나는 살아 있는 동안 내 아이들과 좋은 관계를 맺고 싶습니다. 죽은 후에도 아이들에게 좋은 아버지로 기억되고 싶어요."

의사는 인사를 하고 밖으로 나갔다.

나도 나가려고 옷가지를 챙기는데 노크 소리가 들리고 의사가 다시 들어왔다.

"진료하는 걸 잊고 말았네요. 청진기 검진도 해야 하고, 피

검사와 초음파 검사 결과도 알려드려야 하는데. 이야기에 너무 심취한 나머지, 하하하!"

* * *

집에 돌아온 뒤에도 의사의 말이 내 마음속에서 계속 메아리친다.

그의 관심은 '어떻게 하면 나의 딸이 당신처럼 나를 돌봐줄까'가 아니었다.

그는 어떻게 하면 '좋은 아버지'가 될 수 있을지에 대해 고민하고 있었다.

오십 대 후반에 접어들면서 나 또한 생각한다.

'나는 아이들에게 무엇을 남기고 갈 수 있을까.'

"어머니는 어떤 분이셨나요?"라는 질문에 나의 아이들은 뭐라고 답할까?

나의 삶은 어떤 단어로 요약될까?

아버지는 떠나셨지만, 여전히 내 삶 속에서 나와 함께하신다.

내가 살아가야 할 길을 이끄신다.

에필로그

우리, 만난 적은 없지만

오빠의 죽음을 겪고, 아버지의 병간호를 하면서 나를 지켜
준 것은 글이었다.

나는 죽음과 애도와 노년에 관한 글들을 통해 내가 당면한
문제에 대한 정보를 얻었고, 아픔을 겪어낸 사람들의 이야기
를 통해 깊은 위로를 받았다.

특히 큰 도움을 준 것은 의외로, 노인용 상품들의 사용 후기
였다. 하루 일과가 끝나고 녹초가 된 상태에서도, 기저귀는 물
론이고 노인용 손톱깎이, 가습기, 안약, 욕창 방지 크림 같은
것들의 사용 후기를 읽고 있으면 피로를 잊을 수 있었다.

상품 사용 후기를 열심히 찾아 읽게 된 것은 노인용 기저귀
를 검색하면서부터였다.

일반적으로 구할 수 있는 것보다 더 좋은 것을 찾고 싶어 검
색을 하고 있었는데, 사용 후기들을 읽는 순간 가슴이 뛰는
게 아닌가. 생각보다 너무 많은 사람들이 각자의 이유로 성인
용 기저귀를 사용하고 있었던 것이다.

"남편은 치매입니다. 이 기저귀는 품질이 우수합니다. 큰 도
움이 됩니다."

"할머니가 좋아하십니다."

"거동이 불편한 아내를 위해 이 기저귀를 사용하고 있습니다. 가격도 좋습니다."

길지도 않은 상품 후기를 읽으면서 왜 감동을 느끼는지 나 자신도 처음에는 이해가 되지 않았다. 그러나 결국 깨달았다. 나는 병간호를 시작한 뒤 처음으로 공감의 공간을 발견한 것이었다.

후기에는 개인사가 은근히 포함되어 있었다. 치매, 요실금, 뇌출혈, 뺑소니 사고⋯ 나는 서로 다른 상황에서 비슷한 경험을 하고 있는 불특정 다수의 이야기 속으로 빨려 들어갔다.

"저는 95세의 파킨슨병 환자인 어머니를 모시고 있습니다. 이 제품은 우연히 발견했는데 정말 큰 행운입니다. 착용이 용이하고 흡수력이 뛰어납니다. 아주 만족합니다."

"저의 할머니는 이 제품이 지금까지 사용해본 기저귀 중 최고라고 하십니다. 속옷처럼 편하다고 하네요. 벗기도 쉽고 버릴 때 돌돌 말기도 쉽습니다."

"이 기저귀는 뺑소니 사고 후 거의 침대에만 누워 지내시는 조부모님의 구세주입니다. 덕분에 그분들의 존엄이 지켜지고 있습니다. 쉽게 새지 않고 냄새도 잘 나지 않습니다."

"시아버지가 이 제품을 몇 년째 사용하고 계십니다. (남편과 제가 모시고 있습니다.) 여러 제품을 사용해봤지만 이 제품이 가장 만족스럽습니다. 옆에 탭이 있어서 조절이 쉽고, 소변이 흡수된 정도를 보여주는 라인이 있어서 교체 시기도 쉽게 알 수 있습니다."

"저는 요실금 때문에 기저귀를 사용합니다. 온라인으로 구입하니 시간 절약, 돈 절약(기름 값)! 가장 좋은 것은 기저귀를 고르다가 아는 사람을 마주치는 당황스러운 상황을 피할 수 있다는 것!"

"장애가 있는 아들을 위해 구입했습니다. 저와 제 아내는 이 기저귀의 도움을 크게 받고 있습니다. 아들은 이 기저귀를 몇 년째 사용하고 있습니다. 피부에 자극이 없고 가격도 좋습니다. 계속 이 제품을 사용하려 합니다."

"제 딸은 대소변을 가리지 못합니다. 그래서 우리는 기저귀를 아주 많이 사용해야 합니다. 이 제품은 싸고 품질이 우수합니다."

그중에서도 나의 시선을 오래 잡아끈 후기들이 있었다. 아이와 소통이 어려운 부모들의 이야기였다.

"이 제품의 장점은 고무줄로 되어 있어 입기 편하고 착용감이 좋다는 것입니다. 팬티처럼 잘 맞고 겉으로 티가 안 납니다. 딸아이가 편한 게 가장 중요한데 아이는 이걸 좋아하는 것 같아 보입니다."

"자폐가 있는 아들을 위해 구입했습니다. 아이는 의사표현 능력이 부족합니다. 이전 거랑 비교해서 어떠냐고 물어도 대답을 잘 못해요. 어떤 때는 새것이 좋다 하고 어떤 때는 원래 것이 좋다고 해요. 현재 두 제품을 모두 사용하고 있습니다."

무조건적인 사랑으로 자식을 돌보는 부모들의 글을 읽으며 나는 묵직한 감정을 느꼈다. 한편으로는 나의 아버지처럼 회복될 가능성이 없는 자녀를 돌보는 그들에게 묘한 동질감을 느끼기도 했다.

간혹 "기쁘다" "행복하다"라는 글귀를 발견하면, 나도 한마음이 되어 기뻤다.

어떤 후기는 간단하고 힘찼다. "최고! 제 아들아이에게 잘 맞습니다!"

부모와 딸이 기저귀 하나에 같이 기뻐하는 글도 인상적이었다. "천 기저귀처럼 공기가 잘 통하고 색이 예쁜 제품을 찾게 되어 저희도 딸아이도 너무 기쁩니다."

어떤 후기에는 뜬금없는 인사도 있었다. "제 딸에게 완벽하게 맞습니다. 우린 아주 행복합니다. 즐거운 추수감사절 보내세요!"

기저귀 사용 후기에서 "기쁨"과 "행복"이란 단어를 발견하는 것은 아주 기분 좋은 일이었다.

아버지 병간호를 하면서 나는 외로웠다.

특히 기저귀에 대한 사회적 인식은 견디기 힘들었다. 용변을 스스로 가리지 못하는 성인은 '사람답게 살 수 없게 되어버렸다'는 낙인이 찍힌다. 그렇게 살려면 죽는 게 낫다는 소리도 아무렇지 않게 내뱉는다. '수발드는 가족'은 선입견에 의해 정해진 우울함 속에서 살아간다.

그래서 기저귀 후기를 담담히 전하는 많은 이들이 반가웠다. 그들이라면 나를 이해할 수 있을 것 같았고, 그들에게 "힘들지만 힘들기만 한 건 아니지요? 힘들 때도 있지만 행복하지요? 웃는 순간도 있지요? 지금껏 경험해보지 못한 순수한 기쁨을 느끼지요? 행복하지요?"라고 외치면 그들은 그 마음을 알아줄 것 같았다. 친구가 생긴 것 같았다.

3년 동안 아버지를 모시면서, 여러 난관이 있었다.

아버지 팔꿈치에 욕창이 생겨서 살이 다 허물어지고 진물이 났을 때, 면역력이 떨어져 아버지 온몸에 물집이 번졌을 때, 아버지 발톱이 살을 파고 들어가 염증이 생겼을 때, 내가 침착할 수 있었던 것은 나의 '온라인 선배님'들 덕택이었다.

자신들의 경험을 전하는 짧은 후기일 뿐이었지만, 그 공간은 인종과 언어와 시간을 초월한 일종의 공동체였다. 그 글들을 읽고 있으면 나는 더 이상 혼자가 아니었다. 힘이 생겼다.

이 글은 그런 마음에서 비롯되었다.

만난 적은 없지만 이미 이어져 있는 나의 이웃들에게 다가가고 싶은 마음에서 나는 이 글을 썼다.

내가 치열한 여정을 지나오는 동안 글과 사람이 위로가 되었듯이, 나의 글이 지금 묵묵히 돌봄의 삶을 이어가고 있는 이들에게 위로가 되기를.
묵묵히 돌봄을 받아들이고 있는 이들에게 힘이 되기를.
우리 모두가 덜 외롭기를.
문득문득 행복하기를.

시은이 **강신주**

강대건(1928~2018)과 이춘산(1934~)의 딸(1961~).
한국과 이스라엘에서 영문학을 공부했고, 프랑스에서 여성학을 공부했다.

우리의 저물어가는 생을 축복합니다

초판 발행 2019년 10월 23일

지은이   강신주
펴낸이   김정순
편집   김이선
디자인   김진영
마케팅   임정진 김보미

펴낸곳   (주)북하우스 퍼블리셔스
출판등록   1997년 9월 23일 제406-2003-055호
임프린트   엘리
주소   04043 서울시 마포구 양화로 12길 16-9 (서교동 북앤빌딩)
전자우편   ellelit@naver.com
블로그   blog.naver.com/ellelit
전화번호   02 3144 3123
팩스   02 3144 3121

ISBN 979-11-6405-047-5 03810

엘리는 출판사 북하우스의 임프린트입니다.

이 도서의 국립중앙도서관 출판도서목록(CIP)은 서지정보유통지원시스템 홈페이지
(http://seoji.nl.go.kr)와 국가자료공동목록시스템(http://www.nl.go.kr/kolisnet)에서
이용하실 수 있습니다.(CIP제어번호: CIP2019040900)